U0518289

善書坊

历史的驴友

熊召政 著

陕西师范大学出版总社

图书代号：WX22N1890

图书在版编目（CIP）数据

历史的驴友 / 熊召政著. —西安：陕西师范大学
出版总社有限公司，2023.1
（熊召政散文精编）
ISBN 978-7-5695-3276-0

Ⅰ.①历… Ⅱ.①熊… Ⅲ.①散文集—中国—当代
Ⅳ.①I267

中国版本图书馆CIP数据核字（2022）第212157号

LISHI DE LÜYOU

历史的驴友

熊召政　著

出版统筹	刘东风	
选题策划	郭永新	
责任编辑	王丽敏	
责任校对	谢勇蝶	
装帧设计	主语设计	
出版发行	陕西师范大学出版总社	
	（西安市长安南路199号　邮编710062）	
网　　址	http://www.snupg.com	
印　　刷	中煤地西安地图制印有限公司	
开　　本	889 mm×1194 mm　1/32	
印　　张	8.25	
插　　页	4	
字　　数	150千	
版　　次	2023年1月第1版	
印　　次	2023年1月第1次印刷	
书　　号	ISBN 978-7-5695-3276-0	
定　　价	58.00元	

目 录

第一辑　祝福中国

第二辑　炎帝的力量

第三辑　历史的驴友

祝福中国

选一个词来赞美祖国

在英文中，祖国与故乡是同一个单词，而组成这个单词的是母亲和土地两个单词。我热爱我的故乡，就意味着我热爱我的祖国、土地和母亲。

长期生活在养育自己的土地上，可能对祖国与故乡的概念有些模糊。苏东坡的诗句"不识庐山真面目，只缘身在此山中"道出的正是这样的一种状态。但是，如果一个人童年经历了太多的苦难，少年经历了太多的折磨，青年经历了太多的动荡，一直在希望与忧患交织中行进在人生最为饱满的中年时，他不但会产生"洞中方七日，世上已千年"的感觉，而且对祖国的认知也会更加具象、更加丰富、更加美好。

记得 1979 年的 8 月下旬，秋老虎还在南方的原野上肆虐。我在大别山主峰下的一条山路上，碰到一个形容枯槁的农妇。如火的骄阳下，她还穿着夹衣，神情一片冰冷。这引起我的好奇，通过采访与调查，我得知她的丈夫冤死在兴修水利的农业大会战中。她不但得不到任何抚恤，还因为屡屡上访而被冠以"坏分子家属"的罪名。孤儿寡母，倍受欺凌。她想为丈夫讨回公道，一次次请人写信给有关部门申诉，皆石沉大海。当天晚上，我无法入睡，那位可怜的农妇在我脑海里挥之不去。辗转反侧，半夜里下床，点亮煤油灯（那时的乡村里没有电灯），我写下了这样几行诗句：假如是花神，欺骗了大地，我相信，花卉就会从此绝种，青松就会烂成齑粉！假如是革命，欺骗了人民，我相信共和国大厦就会倒塌，烈士纪念碑就会蒙尘。这是三十年前，一个文学青年的呐喊。经历过"文化大革命"的十年浩劫，亲眼所见或亲耳所闻太多的冤假错案，经过长久的蓄积，愤怒终于爆发。上面的几句，成为我的政治抒情诗《请举起森林一般的手，制止！》的一部分。这首诗获全国首届中青年优秀新诗奖。

　　这首诗是我个人文学创作的里程碑，放大一点，该诗的发表在当年的中国诗坛亦是一件大事。它产生的直接原因就是一位农民工的冤死。前几年，我看到电视上报道国务院总理温家宝为农民工讨工资的消息，不禁感慨良多。在同一个国度里，同一片大地上，仅隔了二十多年时间，对农民工的关注竟如此迥然不同，这让人产生了隔世之感。

　　不弃块石，始成高山；不弃涓滴，始成大海。一个又一个的故乡连缀成了祖国，一个又一个的家庭与姓氏组成了民族。只有每一个国民都得到尊重和善待，只有一个又一个故乡都在重建诗意的生活，我们的祖国才有可能充满生机，民族的发展才有可能落到实处。

我个人认为，新中国六十年，可分为两个三十年。前三十年，我们从解放的喜悦进入痛苦的泥沼；后三十年，我们从变革的渴求进入民族的复兴。六十年的岁月，六十年的沧桑，值得我们作家倾尽心血写出无数部震古烁今的史诗。但是，如果只能挑选两个词来表述共和国的历程，那么一个是"解放"，另一个是"改革"。如果只能挑选一个关键词，那只能是"改革"。

不单是新中国六十年，就是放在中华民族五千年的历史中，"改革"也是一个最为辉煌的字眼。从1919到1949，经过无数仁人志士三十年的持续接力，以毛泽东为领袖的中国共产党人缔造了新中国，从1979到2009，在邓小平的倡导下，全国各族人民在党的三代领导集体的引领下，一次又一次闯过急流险滩，终于创造出千载难逢的盛世。这一时期的领导人，向历史交出了满意的答卷。但是，作为用一支笔参与改革进程的作家，我们又为这一场伟大的变革奉献了什么呢？

记得1992年春，小平同志发表了一系列的南方谈话并到达深圳时，我正好也在深圳。在这个中国改革的试验区里，我深切地感受到了"东风吹来满眼春"的勃然生机。

某一个晚上，我与一位企业家朋友在咖啡厅里小坐。他问我："现在改革遇到了瓶颈，中国历史上有改革成功的先例吗？"应该说，朋友的这个问话是触发我创作长篇历史小说《张居正》的起因。任何一项伟大的事业，都不会一帆风顺。在历史进程中，突破与阻力、创新与守旧，永远是相生相克的孪生姐妹。古代称为贤君的，他的能力在于坐而论道，燮理阴阳。用今天的话讲，就是调和社会矛盾，解决不同利益集团之间的冲突。"道"既是理论，也是实践；燮理既是形而上的，也是形而下的过程。此中奥妙，考验一个政治家的智慧与能力。稽诸历史，在中国古代的改革家中，做得比较成功的，应该是明朝万历年间的首辅张居正。通过深入的研究，我认为张居正领导的"万历新政"对当下的改革有借鉴意义。于是，我花费了十年时间写出《张居正》这部四卷本历史小说。我的初衷在于：改革的成败在于领导者知难而进的决心和须臾不忘的忧患。张居正说："世有非常之人，然后可做非常之事。"此话信然。

没有想到，这部书问世之后，竟获得了广泛的好评。它最终获得第六届茅盾文学奖与第十届"五个一工程"奖。我想，这部书能获此殊荣，乃是因为在我们当下这个日新月异的时代里，改革是永恒的主题。

三十年来，作为一名作家，我用一首诗与一部小说参与了改革。中国最灿烂的三十年，也是我个人最饱满的三十年。

　　中国历史上，有几个时期值得文人怀念，其中以唐朝的早期与中期、宋朝的中期最值得称道。政治的开明、经济的发达直接促成了文学艺术的繁荣。在这样的时代里当作家，绚丽多彩的生活滋养他们的锦心绣口，而他们笔下喷涌出来的雄健豪迈的气息也升华了时代的精神。这是一种良好的"我见青山多妩媚，料青山见我应如是"的文学生态。眼下，我们所处的时代，已经具备了超越唐宋从而使国家步入前所未有的发展时期的条件。这是改革给中华民族带来的福祉，亦是千年未遇的大生机。值此，只要我们保持居安思危的忧患意识，坚持民族复兴的理想，可以相信，祖国的盛世才刚刚开始。

　　十几年前我访问南斯拉夫，面对巴尔干半岛上密布的战争阴云以及老百姓正在经历的苦难，回头再看一看改革给中国带来的沧海桑田的变化，忽然感觉到祖国是多么可爱。因此，在贝尔格莱德大学的演讲中，我情不自禁说了这样的话：让我做一千次选择，我将选择做一个中国人；让我做一万次选择，我仍选择当一名中国的作家。

风展红旗如画

历史同大地一样，有的地方水肥草美，有的地方土壤贫瘠，有的地方甚至是寸草不生的沙漠。中华民族虽然伟大，但并不是每一个朝代都令人怀想。也正因为中华民族的伟大，在这片土地上繁衍生息的人民，哪怕在漫长的冬季里，也都保留着真挚的情感与清醒的忧患。做这样的人民代表，诚非易事。从过往的历史来看，九十年前中国共产党的诞生，无疑是震古烁今的创世大事。

中国共产党的缔造者之一毛泽东曾在他的不朽词作《沁园春·雪》中对中国历史上的伟大人物做了点评，并在结尾时豪迈地宣布："俱往矣，数风流人物，还看今朝。"这是何等磅礴的胸怀！中国历史上那些强大的王朝，每一个都有着自己独特的政治造型。像秦的横扫六合，改封建为郡县，西汉的武功，东汉的文治，唐的兼收并蓄的大国风范，宋的风流蕴藉的儒雅情怀，明的城市化与市民化的生活，清的康雍乾盛世，等等，它们连缀起来的历史，既让我们看到了千姿百态的各类人物的思想与功绩，也让我们看到了国家的兴衰和民族的沧桑。毛泽东在肯定列祖列宗文治武功的同时，也豪迈地断言新生的共产党人必将超过他们，成为中国这片东方古老大陆上的新主人。

因为中国共产党的诞生，中华民族的生命之火，在原野上熊熊燃烧起来。这是因为中国共产党是人民的政党。曾有人说，新中国的成立，同西汉、东汉、明朝一样，都只是农民起义的产物。从历史的表象来看，这种说法似乎并无过错，但细究起来，两者却是大相径庭。毋庸讳言，一些封建王朝的建立，的确因为民众的参与而获得成功。然而，民众是被动的甚至是盲动的，他们虽然是推动历史前进的巨大力量，但从来都没有占据王朝的中心。共产党却不一样，从一开始就宣布自己是人民的政党，让革命成为民众的自觉，让民众成为新中国的主人，这是共产党的缔造者设定的理想。得民心者得天下，但如果民心只是成为九重宫阙的装饰物，只是一句不负责任的口头禅，则载舟的水必将覆舟。共产党人懂得这一点，所以从一开始，他们就决定在古老中国的中心，建造人民的殿堂。

中国人民并非生来就对政治敏感，耕读传家曾是老百姓的优良传统。祖祖辈辈，在平静而富庶的故乡出生和死亡，这便是人们向往的诗意的生活。但是，中国漫长的历史中，这样的生活在大部分时间里都是镜中之月、天上之云。20世纪初叶，远胜于天灾的人祸在中国大地上蔓延。西方列强的欺凌、地方军阀的割据、土豪劣绅的盘剥，导致哀鸿遍野，国无宁日。如果城市的街巷变成了冒险家的乐园，如果广袤的乡村变成战场，那么可以预见，爱好平静生活的民众中终将诞生一批救民于水火、解国于倒悬的英雄。第一代的共产党人就是这样诞生于民间，又走向了民间。

从共产党的诞生到新中国的成立，中华民族经历了二十八个寒暑。在这期间，中国共产党人一直在民族的救亡图存的道路上艰难地跋涉。无论是在土地革命时期面对敌人的残暴镇压，还是抗日战争时期面对侵略者的血腥屠杀，共产党人从来都没有气馁。无论是井冈山、大别山、大巴山、太行山、长白山、五指山，还是湘江、金沙江、大渡河、淮河、西拉木伦河、滹沱河……中国的寸寸山河，都成了共产党人的理想高地。厌恶战争的人们通过战争来解放自己。每一次改朝换代，开国的皇帝莫不在登基的时候宣称自己是天生龙种，唯有中国共产党的伟大领袖毛泽东在天安门举行的开国大典上宣布：中国人民从此站起来了！

戎马倥偬的英雄已经远去，泽畔行吟的诗人的背影也已消失，但共产党人创世的热情才刚刚开始。毁灭一个旧世界要费尽移山的心力，建设一个新中国更是难上加难。共产党人是无神论者，不相信转世，但并不否认基因与遗传的力量。数千年的王朝统治，留下丰富的文化遗产，其中有良方，也有毒瘤。共产党人充分相信自己对于各种政治疾病的免疫力，但历史遗留的问题却并非一朝一夕所能解决。

从驾驭战争的革命党变成领导国家的执政党，从毛泽东到邓小平，共产党花了整整三十年的时间，才完成了自己的华丽转身。从20世纪70年代末开始，"民族振兴""国家中兴"这样一些久违的词句，开始重新定义我们的生活。僵化与封闭的时代倏然消失，改革与开放的生活骤然降临，季风一阵跟着一阵，浪潮一波接着一波，在一代代共产党人的引领与带动下，中国终于找到了最持久、最有活力的发展模式。在持续三十多年的改革开放的大潮中，国，开始强盛了，家，开始温馨了。中华民族又以和平崛起的姿态，引起了世界的关注。

一个人度过他的九十华诞，可以说是耄耋老人，而对于一个政党来说，九十年却正值他的青春期。共产党此时正处在风华正茂的年龄，梦想与理想交织，精力与智力充沛。回顾九十年，共产党人在中国的大地上写下了亘古未有的神话与史诗。展望前程，我们可以预见，保持着忧患与勤勉的共产党人，一定能够克服前进中的困难，解决发展中的问题，让中国的未来充满"风展红旗如画"的诗意。

祝福中国

去年的国庆节前夕，我应中国石油总公司的邀请，前往西气东输工程采风。这条巨大的输气管道西起新疆塔里木盆地的轮南，东抵上海西郊的白鹤镇，沿途翻越祁连山、汉长城、秦岭与太行山，穿过疏勒河、黄河、淮河与长江，全程四千多千米。怀着载欣载奔的心情，我走完全程。我第一次这么长距离地走过祖国的山河，无论是塞外的大漠孤烟、长河落日，还是江南的小桥流水、落霞孤鹜，都这么真切地向我展现了祖国的壮丽、辽阔、温婉与空灵。哪怕是沟壑纵横的荒芜，荒芜中也渗进了难以言喻的倔强；哪怕是天荒地老的寂寥，寂寥中也尽可体会奔腾汹涌的生气。斯时斯地，我不止一次地感叹：我们这一代中国人，正在这一片我们爱过、恨过、痛苦过、疯狂过的土地上，抒写着前所未有的辉煌史诗。

在西北高原一处人烟稀少的地方，我采访正在那里建造输气阀站的工人，听到一个令人感动的小故事：一天黄昏，一只受伤的白鹤跌落在工人休息的帐篷边。那些靠罐头食品补充营养的工人，并没有像古时戍边的将士那样，将这只白鹤宰来充饥，而是立即给它包扎疗伤，拿最好的食品喂养它。一个星期后，这只伤愈的白鹤终于重新飞上蓝天。在人们祝福的目光中，飞上天空的白鹤又翩然而下，扇动翅膀，似乎是在深深地感恩。

这个小故事曾引起我的思考：在充满苦难的土地上，让一个人学会仇恨，非常非常容易；让一个人学会感恩，却非常非常难。因为感恩的前提是，我们每一个人的心灵，都必须充满悲天悯人的善良与爱意。

像我这样五十岁以上的中国人，都曾经历过那样的岁月：为了生存，我们必须放弃尊严；为了生存，我们必须伤害别人。多少人，包括我自己，都曾有过被伤害的经历。无数被伤害的人，组成了我们这个民族基本的人群——也就是今天所说的弱势群体。他们得不到保护，更得不到尊重，他们的心灵，如同一片片屡遭虫蛀的败叶。

幸好这一切都在改变，今天，弱势群体得到救助，如同工人们救助那只受伤的白鹤。

如今，我采访过的西气东输工程，早已竣工投入使用。大西北地心深处腾起的浩瀚紫气，已化为大上海璀璨闪耀的灯火。但是，在歌颂这苍龙腾空、巨鲸出海的同时，尤其值得我们欣慰的，是那只重新飞回蓝天的白鹤。

　　白鹤的故乡在蓝天，爱的故乡在心灵。我常说，当我们的国旗在联合国大厦的广场上升起，在奥运会的领奖台上升起，在驶往北极冰海中的科技考察船上升起，在进入太空的宇宙飞船中升起，我们固然应该骄傲，但更值得骄傲的，是鲜艳的国旗每天清晨都能在我们每一个中国人的心中升起。

　　我们爱属于自己的中国，我们才会祝福它。我们祝福自己的祖国，我们才有可能凝聚起所有的力量和智慧，把它建设成为人间的天堂。

我们的精神家园

　　改革开放这么多年，有些词是一再遭到批判的，比如"落后""狭隘""保守"等等。人到中年以后，涉世日深，见到的东西多了，我忽然发现，保守也是一种美德。

　　我第一次说这句话的时候，朋友们睁大眼睛盯着我，一下子觉得我非常陌生。我知道他们误会了，以为我不赞成生机勃勃的改革事业了。于是，我向他们说明，过去、现在和将来，我都是一个彻头彻尾的改革派，但我的观点是：改革是一个政治的概念，而保守是一个文化的概念。

　　自古至今，国家制度与社会形态的变更，激烈时称为革命，温和时称为改革。但文化是不可能改革的，它只有遵循、演变与推陈出新。这个过程非常缓慢。

　　文化的演变始终存在于风气与风俗两者之间。风气的作用自上而下，风俗的作用自下而上。纵观历史，乱世中激进人士多，顺世中保守人士多。凡激进者，莫不以毁灭与改造旧世界为己任；凡保守者，都将守护固有的精神家园视为神圣的使命。

还有一个有趣的现象，即无论中外，凡既有恒产又有恒心的人，文化上都相对保守，凡仓廪实而知礼节的时代，在文化上，也大都向往世世代代传下来的精神家园。

说到我们中国人的精神家园，盘一盘家底，究竟有哪些是区别于异质文明的"国粹"呢？是春节、清明、端午、中秋这样的节日，还是上元花灯、城隍庙会、七夕乞巧、重九登高这样的风俗？是河套的花儿、川北的皮影戏、无锡的泥人和天津的杨柳青年画这样的艺术，还是阳澄湖的大闸蟹、重庆的火锅、潮州的白果芋泥和洛阳的水席这样的美食？岳飞、文天祥等英雄志士的情怀沸腾了古人的血，也沸腾了今天的我们的血。梁山伯与祝英台等才子佳人的故事赚了古人的眼泪，至今还在赚着我们的……

我们的国粹太多太多，我们的精神家园丰富多彩。一旦社会稳定，百姓富裕，他们都会品享这些优质的传统。如果来一个激进分子，说这些过于陈旧，把春节换成圣诞节、端午换成愚人节，你会接受吗？所以我说，在文化上，保守是一种美德。

中国人向来安于平静，有着精神内敛的传统。因此他们向往的精神家园，必定淡泊如月光下的高山流水，优雅如寺院的暮鼓晨钟。这精神家园的设计师，最初应该是老子、庄子、孔子三人。后世的贤哲不停地改造，不停地翻修。有时改造得不伦不类，牛头不对马嘴；有时又翻修得十分得体，令世人艳羡。

如今，这精神家园又传到我们这一代人的手中，我们该如何修复它呢？历史上有很多的蓝本，汉唐也好，明清也好，我想它们都不合适。我们这一代中国人的精神家园，不但要淡泊、优雅，还应该激越、昂扬。用淡泊与优雅消除浮躁；用激越与昂扬来保持国家的永远强盛。

祝福 2008

2007 年，在美国的一次演讲中，我曾说：如果有这样一片土地，政治家可以在那里实现强国富民的理想，企业家可以在那里获得创业的激情，科学家可以在那里打开想象的空间，文学家可以在那里获得创作的灵感，我们还有什么理由不热爱这片土地呢？现在，我们的祖国正是这样一片令人向往的土地。

一个热爱祖国的人，必然也会热爱自己的家乡。在过往的一年中，中华大地上龙腾虎跃。意气风发的中国人，正在创造亘古未有的史诗！我们的城市魅力四射，我们的乡村充满温馨的诗意。忽如一夜春风来，千树万树梨花开。民族复兴不再只是一句空洞的口号，而是每一位中华儿女都能真切感受到的日新月异的变化！

作为一名作家，置身于这样一个伟大的变革时代，我由衷地感到荣幸。历史的大运程，让中华民族获得了千载不遇的发展良机。中国的每一天，都是站在崭新的地平线上，迎接喷薄而出的朝阳。在2007年，为了感受时代脉搏，为了准确地把握每天都在发生着的挑战和机遇，我大部分时间都在大地上行走。一年中，我走遍了大半个中国，无论是穿过杏花春雨的江南，还是走进古道西风的塞北，无论是在雪山深处，还是在沙漠腹地，我都能深切体会到生活的节奏、时代的呼吸。在许多普通人的心里，有欢笑，也有苦恼，但更多的是对明天的渴望。一朵花的开放不足以证明春天的到来，但漫山遍野的映山红却叫人不得不为气势磅礴的阳春而陶醉。同样，一个人的希望不足以形成时代发展的推动力，但亿万人的梦想，足以让世界相信，中国的民族复兴的伟大愿望，一定会成为我们这一代人的奋斗目标。

我曾在一首诗中写到，我要用我手中的彩笔，重写一部辉煌的盛唐。这绝不是一个作家的狂妄，而是一个当代知识分子站在理想的高地上发出的心灵的声音，也是我们这个千载难逢的时代赋予一个作家的历史责任。我始终认为，一个作家不管身处何时、何地，一定要有勇气、有能力担当起为民族思考、为时代见证、为改革鼓劲的责任。基于此，我经常提醒自己，我的文学追求应该是忧患的、进取的，我的历史观应该是积极的、健康的。作品可以批判，但不能对民族造成伤害；文章可以歌颂，但不要扭曲人民的愿望。生活给予一个作家最高的奖赏在于：他怀着宗教般的虔诚写出的作品，得到人民大众的喜爱和社会的肯定。

一个人的心中可以存放很多美好的事物，但最美好的词只有两个："母亲"和"故乡"。爱我的母亲祖国，爱我的故乡中华，这是我理想的宿命，也是我文学的根本。不管是过去，还是现在和未来，我都会用我的笔，深情地呵护我的母亲和故乡，热情地赞美我的母亲和故乡。

在霓虹灯的瀑布里，在亲人祝福的目光中，我们已经迎来了 2008 年的黎明。按中国传统干支纪年法，2008 年为戊子年。子鼠为十二生肖之首，它的含义是吉祥、幸福的开始。因此，我们有理由相信，2008 年，对于中国人来说，将是又一个生机勃勃的好年头。已经到来的这一年，不仅是第二十九届奥运会在北京举办之年，而且是邓小平同志倡导的改革开放三十周年纪念年。喜事连连，大事连连。如果让我用一句话来描述中国人在新的一年中应有的态度，那就是"天行健，君子以自强不息"！有我们大家的努力，有我们每一个中华儿女的奋斗，相信我们的国家，政治更稳定，经济更繁荣，人民更幸福，社会更和谐！

精神追求的延续

5月的下旬，江南的雨季，我应邀参加中国作家协会组织的"重访长征路，讴歌新时代"活动，在江西瑞金、于都、吉安等地盘桓数日。红色圣地，心仪已久，一旦亲临，感慨良多。

我的故乡在大别山腹地，亦是一片"血染土地三尺红"的苏区。土地革命时期，这个不到二十万人口的小县，牺牲的红军烈士竟有七千人之多。我虽然是新中国成立后生人，但距刀光剑影的土地革命时期，尚去时未远。因此，童年的我，仍生活在故乡人民对赤色苏区的深情回忆中。

任何一种文化，都不能离开它既定的土壤。否则，这种文化所体现的价值、尊严与神圣就会消失。七十多年前，由中国共产党人领导工农劳苦大众用鲜血和生命创造的苏区文化，尤其如此。当我一踏上赣南苏区的土地，那蛰伏于我内心深处的对红军的崇敬与倾慕之情，便都一下子复活了。看到那些曾被用作党中央机关的低矮的土砖瓦房，那些赤卫队员用过的梭镖、大刀，那些红军将领戴过的斗笠、穿过的蓑衣，还有共产党领导人住过的简陋房子、使用过的书桌，我一次次心潮翻涌，思绪纷繁。我立刻想到了我的祖辈，他们也曾戴过八角葵的红军帽。在不甘于当奴隶的坚强信念下，在一次又一次的惨烈战斗中，他们或者牺牲，或者负伤，最后，他们生命的光芒都融入了国旗上耀眼的五颗金星中。

今天，在鲜花簇拥的原野上，在洁净无尘的书斋里，我们的那些思想睿智的学者，可以非常冷静地分析、评判七十多年前的苏区与红军的历史，指出哪儿错误、哪儿幼稚、哪儿过于血腥，甚至推断，如果没有这一场革命，我们的国家将会怎样发展……

学者冷静地看待历史，永远都是对的，但我却不能这样。虽然我并不是一个非理性的盲从者，但我无法改变我的追求，因为苏区与红军的历史，已构成了我的生命基因的一部分。

任何一种曾经推动社会前进的历史，在它的初期所展现的风格，必定是硬朗的、坚韧的、无往不胜的。而且，参与创造历史的人们，也必定是最广大的底层百姓与大部分民族精英的结合。苏区与红军的历史，恰好证明了这一点。毋庸讳言，我们的苏区与红军在创建的过程中，犯过错误。但这些错误，并没有导致革命的毁灭，而是促使它即时改变，朝着既定的方向前进。如果不是这样，怎么可能有井冈山的出现，有三湾改编、古田会议、遵义会议的出现呢？更进一步，红军怎么可能进行一次史无前例的二万五千里长征呢？

民族的灵魂需要救赎，人民的意志需要实现，这便是苏区与红军适时而生的历史环境。今天，在世界范围内的经济比拼中，在国家实施的民族复兴的新长征中，我们需要再次高度凝聚我们的胆识与勇气、智慧与韬略，这便是弘扬苏区与红军精神的历史意义。

苏区之行，使我进行了一次灵魂的洗礼。苏区与红军，对于我来说，不是玄妙启示的辞藻，而是一种精神追求的延续。

谁持彩练当空舞

老远我就看到那棵大樟树了。那是怎样的一棵樟树啊，它的主干比碾盘还要粗壮，盘曲着伸向天空的枝丫，每一根都分明留下铁打铜铸的英雄气。树上所有的叶子葱绿、晶亮，它们密密簇簇，横拓出去，遮盖了村落前大半个稻场，填满叶与叶之间缝隙的，不仅有被春雨洗亮的阳光，更有比田间的蛰气更为轻盈的鸟声。

这棵大树后面，是一栋江南常见的白墙青瓦的古民居，那种四水归堂的泥砖建筑。从墙上的铜牌可知，这是当年毛泽东担任中央苏维埃政府主席时的旧居。

我们说战争是残酷的，但战场上的风景往往如诗如画。就像这栋位于瑞金叶坪的伟人住过的古民居，无论是它瓦檐上苍郁的针菲，还是泥墙上被风雨剥蚀的苔痕，无论是它天井里潮润的细沙，还是瓦脊上等待炊烟的雨燕，给予我的都是恬淡的乡村牧歌之感。住在这样的房子里，面对数十倍于红军的敌人的"围剿"，毛泽东指挥若定，他以浓得化不开的战场硝烟为墨，写下这样的词句：赤橙黄绿青蓝紫，谁持彩练当空舞？

从这激战之后的词句来看，伟人自有伟人的胸襟，伟人自有伟人的浪漫。在诗人眼中，历史总是充满诗意。

走出这所房子，我站在大樟树下。突然，不知什么地方的广播放起了《十送红军》。尽管陪我前来的当地人说，宋祖英唱这首歌失去了赣南的韵味，已经不是乡音了，但我仍在这略带忧伤的旋律中，领略到七十年前那些浸在血水与泪水中的记忆。

毛泽东在这棵大樟树下骑上战马，迈向重重关山；八万多红军在这片土地上启程，在乡亲们期盼与炙热的眼光中，开始了人类历史上最为壮烈的长征。

我的家乡是另一片苏区，红军战士头上的八角葵帽，成为我童年记忆中不可亵渎的神圣图腾。神圣可以沉眠，但不会消失。此刻我站在这棵大樟树下，听完《十送红军》后，忍不住四下张望：与漠漠水田上的白鹭一起飞扬的战旗呢？在青石板上嘚嘚驰过的马蹄呢？它们都去了哪里？

我常说，如果我早生半个世纪，我可能不会成为一名作家。几乎不用置疑，多血质的我，肯定是一名红军战士。我羡慕像毛泽东、周恩来、朱德这样的伟人，在中国的大地上，写下民族的史诗。一支笔比之一杆刺杀黑暗的长枪，一本书比之一场决定国家命运的战争，毕竟分量太轻、太轻。

十送红军，送的是我们的亲人，我们的骨肉。多少个苏区的母亲啊，在漫漫长夜里，她们纺车上的手柄，一次又一次摇圆了中天明月，但总不能摇圆她们无尽的思念。那永远不能收回的，村口送别的目光啊，又怎能穿透二万五千里的重重阴霾？雪山草地，沼泽荒漠，一寸一寸，不仅沾满了战士的血，也沾满了亲人的泪。

纵览历史，我们可以说，所有通往天堂的路，都充满了艰辛与苦难。一个人扭转乾坤的能力，取决于他化腐朽为神奇、化苦难为诗情的禀赋。历史拒绝呻吟，但历史不拒绝浪漫。毛泽东在血流成河的战场上吟唱"谁持彩练当空舞"，这是何等的想象力啊！正是他和他的战友们，用自己的如虹豪气，为我们的民族炼出了一条魅力四射的彩练。

彩练初出，赣水那边红一角；彩练当空，神州大地舞翩跹！炮火不能烧毁它，风雨不能摧残它。当这条彩练飞过于都河，飞过金沙江，飞过娄山关，飞过乌蒙山，飞过南国的雾，飞过北国的雪，我们惊异地发现，原来这一条彩练，竟是一条长达二万五千里的长征路。

谁持彩练当空舞？是我们的红军，我们餐风饮露、百折不挠的中华儿女。

物换星移，历史的烽烟早化作大地上的虹霓，我们也只能从竟夜的春风、从山间的鸟啼来谛听烈士们的呼吸。

但是七十年前的那棵老樟树，还是那么苍翠欲滴，这是因为它的根须，始终抓住了泥土；七十年前的那条彩练，还在我们的仰望中飘舞，这是因为民族的精气还在向它凝聚。对于我们来说，长征不仅仅是一段逝去的故事，也不仅仅是一种奋进的象征，还是一只正在吹响的号角，一首还没有完成的史诗。

夕阳西下，暮色氤氲，我依依不舍离开那棵大樟树。在归程的车上，我在想，当年亲人们送走的红军，虽然没有回来，但他们给乡亲们捎回了一个崭新的中国。今天，我们所有离开故乡投入新长征的儿女，几十年后，会拿什么奉献给魂牵梦萦的故乡呢？我们还会为这伟大的民族重炼一条令世界目眩神迷的彩练吗？

长征是经典的话题

不知不觉，长征胜利已经七十周年了。当年参加长征的热血青年，余下者不多，且都进入耄耋之年。而这场长征的领导者，亦是中华人民共和国的缔造者，也都离开了人世，我们只能从历史的星空中，寻找他们仍在闪烁着光芒的灵魂。

去年，我追随当年那些长征烈士的足迹，来到中央红军的长征出发地于都。面对仲春的正在涨汛的于都河水，想象当年八万多将士夜渡于都河的悲壮场面，写了这么几句：

> 城下谁开八阵图，旌旗十万下于都。
> 衔枚夜渡秋江水，叶落关山景色枯。

七十年过去了，站在于都河边的我，依然能够体会到当年那一个月色朦胧的夜晚，我们的红军战士怀着一种什么样的心情，于此踏上二万五千里的长征之路。

　　自那以后，长征的意义一再被人们认识、开掘和赞扬，甚至还有质疑与误解。但不管怎样，长征永远是历史中的一个经典的话题，并永远存在着重新解读的价值。

　　长征不是旅行。李白的仗剑远游，是受了初唐游侠风气的影响；而达摩的只履西归，亦是强调佛家洞察心性的行脚意义。个人的任何壮举放进历史中，都永远只能是典型而并不具备群体的价值。长征却不一样，八万多英雄儿女的集体行动，完全可以说，是这一时期的中华民族的历史在跟随着他们长征。红军战士们简单的行囊中，不仅背着忧患，更背着民族的曙光。

　　长征也不是探险。徐霞客的攀岩涉水，是为了穷究山水之秘；而马可·波罗的风雨人生，乃是从异国的情调中，获得人文的好奇。红军战士们的万里征程，是把阻碍中国前进的重重关山，踏成任凭巨龙腾飞的一马平川。当"饥饿""死亡""疾病""战斗"这样一些词成为长征途中的日常用语，谁还能说，这是一次诗意的旅行？但七十年后我们回头去看，谁又能否认，那不是一次诗意的旅行呢？

　　这个诗意，不是墨客骚人的闲情逸致，亦非曲水流觞的吟风弄月；这个诗意必须在"苍山如海，残阳如血"的氛围中创造。创造它的人们，必须能够凝聚全民族的力量和智慧，因为这个诗意属于国家，属于历史。

在血与火中锻造的史诗，带给我们的，是民族的涅槃、国家的新生；在花与霞中锻造的史诗，带给我们的，是人民的福祉、社稷的昌盛。因此，我们完全可以说，当年长征的意义在于：一个民族只有经过血与火的洗礼，才有可能赢得花与霞的未来。

坐火车上天堂

　　四年前，我第一次踏上西藏的土地。从拉萨出发到纳木错湖，沿途陪伴我们的，是念青唐古拉山脉。蓝色的天空下，铁青色的山体是如此逶迤苍凉，而山脊的雪线，又是如此绵长与晶莹。山脚下的草滩上，成群的牦牛，像是一簇簇会走动的褐色的花朵，与摇曳生姿的格桑花一起，向游人展示西藏独特的风光。这一切的一切，都深深地吸引了我。当然，吸引我的，还有与公路平行的正在修筑的青藏铁路的路基。我当时就在想，这是一条真正的天路，如果乘坐火车到西藏来，我们无异于是借助车轮进入天上人间。

　　四年后，这条天路终于建成。7月1日，青藏铁路全线通车。轻车飞掠，世界屋脊上的万重山脉，莫不以惊讶的眼神，关注着这一只又一只电气化的鸥鸟，飞进随着转经筒一起旋转的西藏。

自唐代开始，西藏与中原的交往就一直很频繁，可是那是怎样的交往啊，文成公主从长安到拉萨，风餐露宿，走了整整两年。西藏在世人的眼中，之所以如此神秘，就是因为无法轻易地抵达。我在少年时代曾唱过"二呀么二郎山，高呀么高万丈"这首歌。我当时并不知道，这首歌唱颂的是战胜种种艰辛修筑川藏公路的大军。在漫长的岁月里，西藏与外界的联系，靠的是藏羚羊踩出的羊肠小道，即使有官家与贵族旅行的"通途"，也只不过是穿越坎坷的茶马古道而已。

真正想到要拉近西藏与中原的距离的，是新中国成立以后的执政者。要致富，先修路。虽然这是20世纪80年代才出现的口号，但是，共和国的执政者早在50年代就开始有了修建"天路"的梦想。

让汽车开进西藏，让飞机降落在西藏。现在，又让火车——这陆地交通的航母驶上西藏。共和国用半个多世纪的时间，完成了通往西藏的立体的交通网络。从此，喜马拉雅不再只是探险者的天堂，我们更多的旅游者，可以凭借便捷的现代交通的利器，踏入那片神奇的土地。

我们说国家的概念，不仅仅是领土的完整，更是这领土上的所有民族，所有民族中的全体人民，都能分享国家进步所带来的福祉，都能在民族大家庭中找到属于自己的欢乐。福祉与欢乐，虽然脱离不了精神生活的充实，但它们绝不是形而上的命题，而应该是踏踏实实的物质生活的满足。在现代社会，交通的发达，是福祉与欢乐的必要前提。

毋庸讳言，由于交通的制约，西藏的各项经济指标都滞后于高速发展中的国家的平均水平。伤其十指不如断其一指，这是战争中的观念，是权谋学中的功利表现。它彰显的是"利"而不是"义"。如果将这种方法作用于经济建设，就会对某些落后地区造成伤害，这显然违背我们建设和谐社会的目标。

商人只会在不损害利益的前提下重义，而优秀的政治家则是在不损害仁义的前提下谋求利益的最大化。窃以为，青藏铁路的建成，是共和国执政者明智的决策。这可能是世界上建造成本最高的一条铁路，但是，它更是一条产生多赢效果的新的大动脉。它不但增强了国家的辐射力，更增强了民族的凝聚力。

每天，从报纸和电视上看到关于青藏铁路通车的种种报道，不由得屡屡想起那一片令我心旷神怡的雪域高原。如果有时间，我真想加入载欣载奔的游客，坐上通往拉萨的列车。坐火车上天堂，那是一种多么惬意的感觉啊！

一座青山一座碑

　　1976 年 1 月 8 日，对于中国人来讲，是一个非常不幸也非常悲痛的日子。因为，共和国的第一任总理周恩来在这一天离开了人世，永远地合上了他那双充满睿智的疲劳的眼睛。

　　多少年来，"鞠躬尽瘁，死而后已"这八个字，几乎成了历代贤明宰相的诔词。将人民共和国的总理比之封建朝代的宰相，似乎不伦不类，然而，若仅从所处的地位与所操持的权柄来讲，则仍可等而视之。

　　与历代贤相相比，周恩来虽不像诸葛亮、刘伯温那样富于传奇色彩，也不像商鞅、张居正那样具有"知我罪我，在所不计"的英雄气概，但他忍辱负重的品格、抑浊扬清的操守以及处变不惊的智慧，确立了他的人格魅力，并受到国人广泛的尊重和爱戴。

　　作为共和国的开国总理，周恩来的一生不但充满了艰难，而且充满了艰险。我在一篇创作谈《让历史复活》中曾说过这样一段话："比之皇帝，宰相这一阶层的人格具有两重性。一方面，他们是'学而优则仕'的代表，以'士'的身份走上政治舞台，因此有着强烈的'先天下之忧而忧，后天下之乐而乐'的忧患意识。另一方面，他们崇尚的道德与残酷的现实大相径庭。如果要建立事功，他们必须学会隐藏自己。宰相们与其说是为国服务，不如说是为皇帝效劳。看皇上的眼色行事，使他不可能保持独立的人格。他既要曲意承上，又要'大庇天下寒士俱欢颜'；既要心存社稷，又必须'王顾左右而言他'；他既是帝师，又是奴仆；既为虎作伥，又弃道德如敝屣，稍一不慎，自己也就成了祭坛上的牺牲品。"这是我多年来研究中国历史中宰相系列的人物得出的结论。我不能把这样一个结论套用在周恩来身上，但他也受到时代的局限。他不可能在自己选定的条件下书写历史，更不能酣畅地表达自己的心灵。尽管他有着超人的智慧，但在他执政期间所发生的天灾人祸，可以说超乎他的想象。正是由于他的艰难，由于他殚精竭虑地与人民在一起共度劫波的风雨人生，他终于获得了"人民的好总理"这一千古不磨灭的称号。

记得他逝世的那个早晨，我从中央人民广播电台听到哀乐，顿时流下了热泪，并写了一首悼诗："腊岁凄闻撒手归，冷烟几点哭声飞。人间何处能凭吊，一座青山一座碑。"这是我当时真实心情的写照。可以说，古往今来那么多宰相式的人物，没有哪一位的去世，能引起国人如此巨大的悲痛并最终成为开创一个新纪元的契机。

如今三十年过去了，更年轻的一代，可能把周恩来这个名字当成一个历史中的符号。可是我不能，一提到这个名字，我依然如同看到了屹立在如血残阳中的一座高山。

他是一种象征

——悼念巴金

刚刚听到巴金老人去世的消息，虽然早有心理准备，但依然震惊。毕竟，代表了一个时代的文学巨匠，我们敬爱的巴金老人，这一次是真正地离开了我们。

我昨天刚从成都归来，在那里，在四川省作家协会组织的一次读者见面会上，我说："我有两个天然的文学氧吧，一个在四川，一个在浙江。每年，我都不止一次到这两个地方旅行，去感受、领略两地的山川风物、人情流俗。这两片土地，世世代代，都是文学的沃土。古代不说，单说新文学开创以来，浙江出了鲁迅、茅盾、徐志摩、郁达夫等震古烁今的大家，而四川也出了巴金、李劼人、沙汀、艾芜等卓尔不凡的人物。"记得那天去造访成都近郊的李劼人先生故居，看到一张拍于 20 世纪 80 年代初的照片，是沙汀、艾芜二位陪同巴金来这里缅怀故友李劼人的合影。我当时感叹地说："这四位老人，只剩下巴金一位了。"

没想到几天之后，巴金老人也去了永恒的天国，与他的文坛故友们重逢去了。

毋庸讳言，时下中国文学正日益边缘化。这一方面反映了时代的进步，另一方面又深刻反映了物欲主义对文学的伤害。此情此景之下，作家精神生态遭到了严重的破坏，他们的快乐和伤感、躁动和忧虑，已不再成为时代的风景。这时，20世纪最后一位文学大师巴金老人，也离我们而去。我们对他的感情，不仅仅是一种怀念。

多少年来，在中国文学界，"巴金"这两个字，已成了一种象征，代表了正义、善良、一种永不懈怠的忧患意识、一种愈挫愈勇的社会责任。20世纪巴金的同辈作家，似乎都有这样一种令人景仰的风范。明末清初，一位有名的诗人活到七十多岁去世。时人评价他"如果他四十岁死，是烈士；五十岁死，是名士；六十岁死，是弄臣；七十岁死，是小人"。由此可见，在特别看重气节与操守的中国，有时候长寿并非是一件幸事。但巴金不是这样，从他步入文坛的那一天起，他就一直抱有积极的、健康的人生态度。他虽然不是那种狂飙突进、标新立异的人物，但却有着锲而不舍、大志弥坚的精神气象。他的文学成就是一座丰碑，他的人生更是一座云蒸霞蔚的巅峰，愈到老年，愈加灿烂。他的《随想录》中的每一个字，都是一颗闪光的星辰，我们可以从中望见文学的尊严与人格的魅力。可以说：如果巴金六十岁离开我们，他是一位著名作家；七十岁离开我们，他是一位大师；八十岁离开我们，他是一位伟大而朴实的人；他现在离开我们，便成了一种象征。他的道德情操、精神境界，如同他故乡的巴山蜀水，不仅瑰丽，而且隽永。

亲情既已渡海

2005 年 4 月 26 日—5 月 3 日，连战先生率领一个包括三名副主席在内的庞大的国民党代表团访问大陆，对南京、北京、西安、上海四个城市进行访问。他选择这次出行的时机真好，中华大地，自北向南，都沉浸在浓郁的春光里。在如此明媚的风景中旅行，实乃人生乐事。

然而这不是一次简单的旅行，连战先生也不是醉赏风月的观光客。当他在北京人民大会堂，与胡锦涛总书记的手紧紧握到一起的时候，我立刻想到"相逢一笑泯恩仇"这句话；当他在西安，欣赏兵马俑并留下一帧世人共睹的照片时，我又想到"少小离家老大回"这句古诗。政治的鸿沟毕竟阻挡不了文化的依归，山河的阻隔更无法影响感情版图的完整。

国共两党之间，在过去的八十多年里，曾在中华民族的历史上，留下多少惊心动魄的往事。毋庸讳言，也留下不少精神的创伤。同样的文化胎记，同样的语言族群，让这两大政党都用纯正的中国方式演绎各自的爱恨情仇。最后，给中华民族留下了一条长期溃疡的伤口，至今尚未愈合。

至今，我还记得在去年连战先生竞选失败后，和宋楚瑜先生一起于深夜走上街头，向支持他们的民众发表演讲时的那份苍凉。不知为何，当时我想到了"白头宫女在，闲坐说玄宗"这两句唐诗。从执政党转为在野党，不仅仅是一场噩梦，更预示着暴风骤雨的未来。

输掉了选举，不可再输掉未来。连战先生终于鼓足勇气访问大陆。一俟走出狭窄的精神天地，这位国民党主席立刻就找到了"风飘飘而吹衣"的载欣载奔的感觉。

我一向认为，激情不仅仅是诗人的专利，它同时也应该是政治家必备的素质。因为激情可以产生想象力，更可以产生智慧。这一点，从连战先生在北大的演讲中，已可以得到证明。他希望两岸坚持人民的福祉，化干戈为犁锄。稍远的去国的悲痛，较近的分裂的忧患，都在他诗意的表达中，多次获得北大学子赞许的掌声。因此国人称连战先生的大陆之行为和平之旅。这样一次旅行，应是激情的产物。可以乐见这激情不是烟花，只是在人们的视线中留下短暂的璀璨。更进一步说，政治家不仅应该有激情，更要让这激情恒久地保持。连战先生虽然目下只是台湾最大的在野党的领袖，但是，我们可以期许，他的关于两岸的和平的馨祝，一定可以获得台湾主流民意的认同与支持。

据报道，连战先生在西安长安区的清凉寺旁祭奠埋葬于此的祖母，主事者请琴师用板胡拉响了凄清婉转的秦腔曲牌〔柳青娘〕。连战先生闻听此音不胜哀恸，特意用闽南话在墓前致辞祭奠并答谢前来陪祭的众多好友。秦腔与闽南话相去甚远，〔柳青娘〕的曲调，撩人情怀的也是古典的哀愁。然而，不管是南腔还是北调，是古典还是现代，都无一不是鲜活的中国特色。一湾海峡可以隔断乡愁，却隔不断波涛汹涌、地火奔突的文化的承传。

当连战先生离开墓园并一步一回首时，我就在想，这是多么好的兆头啊！亲情既已渡海，还有什么东西，可以成为阻挡它的屏障呢？报载，宋楚瑜先生将继连战先生之后，率亲民党代表团访问大陆，他不但要去陕西黄帝陵祭奠中国人共同的祖先，还会回到故乡湖南拜望阔别五十六年的乡亲。游子归来，亲情如火。这火，一经点燃，就永远也不会熄灭。

和谐是一种艺术

中国历史中，虽出现过令人鼓舞与景仰的太平盛世，但为数不多。更多的日子，是被劫难与忧患填充。因此，古人在经历太多的风霜坎坷之后，不免惊悸地发出"宁作太平犬，莫为乱世人"的呼号。从苦难中走过来的人们，一旦身临安定的社会环境，往往都会经历人心思变、人心思定、人心思富、人心思适几个阶段。这"人心思适"的"适"，既含悠闲，也含适意。它不仅是一种平安的生活，也是一种艺术的生活。我认为，这种生活所能达到的最高境界，就是和谐。

"和谐"不是一个新词，但每个时代的和谐都有着不同的内容与品质。古人认为"士有所用，农有所耕，工有所务，商有所营"是社会和谐的标志。用今天的话讲，就是社会各个阶层的人都能充分发挥自己的特长，都能够工作着并幸福着。如果我们的社会，一部分人"饱暖思淫欲"，而另一部分人却"饥寒起盗心",一部分人利用权力聚敛财富,而另一部分人却孤苦无助啼饥号寒,则社会的和谐只是一句空话。

从政治的层面讲,和谐社会是物质文明与精神文明的结晶,构成它的三大要素应该是健康、安全、幸福。

何为健康?就是影响和谐的诸如腐败、迷信、拜金主义等一切毒瘤必须切除。何为安全?就是每一个人都能充分享受政治文明的阳光,都能真正地过着公民的生活而不被梦魇纠缠。何为幸福?就是每一个人都能享受到社会进步带来的福祉。仁者乐山,智者乐水,所有人的快乐汇聚起来,便成了我们国家的勃勃生机与缤纷生活。

因此,我们今天所期望的和谐,绝不是一部分人迎合另一部分人,更不是强势集团担任赈济的角色,向弱者送一杯羹。和谐社会中的每一个人,都应有悲天悯人的优雅情怀。

在技术社会中,和谐是一个人文的概念;在人文社会中,和谐绝不是一个技术的概念。和谐不是口号,而是行动。和谐更不是高不可攀的玄想,而是实实在在发生在我们生活中的每一件小事。和谐是什么?和谐是远归的游子到家时母亲给他端上的一杯热茶;是夫妻们常常体验的"小别胜新婚"的那种甜蜜;是二三友好,相约走在踏雪寻梅的路上;是进城的农民工,看不到任何歧视的目光。

和则美，美则愉悦；谐则畅，畅则通达。一个美而愉悦的国家，一个畅快通达的时代，便是远古的哲人所描述的太平盛世。它惠及我们每一个人，我们既是创造者，也是享受者。

给幸福重新定义

　　前不久看到一则报道，在世界性的抽样调查中，中国人的幸福感最强。这令我诧异，中国人真的很幸福吗？因为，在我们的生活中，充斥着不少令我们不愉快的因素。我们有太多的理由拒绝"幸福"这个既令我们艳羡又令我们伤感的字眼。但是，为什么偏偏不是别的国家，而是中国的人民幸福感最强呢？

　　对幸福的理解，历来仁者见仁，智者见智。小时候，祖辈教我背一首类似于民谣的古诗："久旱逢甘雨，他乡遇故知。洞房花烛夜，金榜题名时。"于此可知，人生最幸福的事情，都是在奋斗与机遇中实现的。比如说读书人的金榜题名，所谓金榜，就是科举考试最高一级考试殿试后，刊录及第文士的皇榜。登榜者皆为新科进士，前三名即是状元、榜眼、探花。古人用"十年寒窗无人问，一举成名天下知"来形容金榜题名。能得到这种幸福的人，是读书人中极少极少的一部分。

如此说来，我们的航天员从平安降落的返回舱中走出来的那一刻，我们的运动员站在奥运领奖台上聆听国歌的那一刻，我们的企业家登上福布斯排行榜的那一刻，我们的"超女"受到粉丝们狂热追捧的那一刻，都无疑是世界上最幸福的人。全世界的眼球、全中国的眼球，无论是充满了泪水的，还是燃烧着火焰的，无论是惊诧的，还是兴奋的，无论是疑惑的，还是忌妒的——且不必分析那些眼球中射出的光谱，单是所有的眼球在同一时刻聚焦于一个成功人士的身上，这个人还能有什么理由说自己不幸福呢？

从多少个王朝的背影中走出来的中国，从各种各样的桎梏中解救出来的中国，从来没有像我们正在经历的这个时代一样，到处充满了机遇，到处充满了激情。在这个时代里，英雄不必气短，而儿女正在情长；在这个时代里，你见不到"古道西风瘦马"的苍凉，却可以体会"云想衣裳花想容"的浪漫；在这个时代里，虽然仍有腐败，但更大面积的疮痍正在修复；虽然环境有待改善，但民族的精神创伤正在医治；虽然不能避免为富不仁，但更多的弱者正在得到救助。这是一个富于想象力的时代，因此也是一个创业者的时代；这是一个值得奋斗的时代，因此也是一个幸福的时代。

正是在这样一种背景下，《财富》杂志举办年度幸福人物的评选活动，可谓择机而行，拜人心所赐，襄时代之盛。尽管很难对幸福做一个量化，但《财富》杂志的同人们仍然制定了诸如身价、财富增值度、受尊重度、家庭感情以及运气等衡量幸福的综合指标。我个人认为，这样一些指标虽然不能涵盖幸福的全部，但至少反映了当下这个时代的幸福的要素。

曾有一位年过古稀的画家，非常感叹地对我说："我年轻的时候，长得好看的女孩子不多，如今满街都是靓丽的女郎。"我告诉他"这是因为我们的时代美了，因此美女才多"。同样的道理，因为时代赋予了奋斗者更多的机会，所以成功人士就多。历朝历代，我们的民族中都有为数不少的仁人志士，他们是国家的栋梁。在错误的年代，他们只能当烈士，给轰轰烈烈的生命打上一个悲怆的句号，因此没有幸福可言；在正确的年代，他们是万人瞩目的成功者。犹如鲜花回到了春天，骏马回到了草原，那些璀璨的光环，回到了成功者的头上。于是，这个时代便成了一个"遍地英雄下夕烟"的时代。如此宏阔的充满人文生机的时代，我们还有什么理由不把幸福进行到底呢？

前面已讲到，不同的族群、不同的文化与不同的经历，对幸福的理解大相径庭。但毋庸讳言，在一个创造价值的年代里，幸福的内涵已十分丰富。眼下，我认为最值得欣慰的是，我们每一个人不但可以大胆地追求幸福，更能够以自己的名义，给幸福重新定义。

共和国今夜无眠

　　汶川地震发生时，我在上海文广大厦的十九楼上，一位导演朋友正在打电话。他突然放下电话，惊道："我的头好晕啊，觉得眼前的楼在摇晃。"这时，楼层里的人都站起来，说楼就是在晃啊，悬挂的电视机都在摇摆呢。大家意识到地震了。一分钟后，我远在武汉的家人打来电话，说所住的高楼突然摇晃起来，大家都吓得跑出来了。接着，深圳、西安的朋友都给我打电话，他们都感受到了地震的余波。我意识到，是什么地方发生了地震，这么多的地方都产生如此强烈的震感，这地震一定不小。十分钟后，我收到了一则短信："二点二十八分，四川汶川县发生 7.8 级（后来修订为 8.0 级）地震。"一个多小时以后，我又接到另一条短信："国务院总理温家宝已启程前往灾区。"
　　短短两个小时之内，汶川就成了全国人民关注的地方。
　　20 世纪 90 年代，在前往九寨沟旅游的途中，我曾在汶川县住过一个晚上。这个隐于岷山枕着岷江的小县城，离都江堰五十余公里，是川西北阿坝藏族羌族自治州的门户。境内崇山峻岭，羌汉杂居，全县只有十万左右人口。那一夜，在汶川县城的一家路边店里，我品尝着当地特产——又香又辣的荞麦面，听着岷江时缓时急的涛声，感到生活的节奏一下子慢了下来，悠然的小城让我感到惬意。第二天上路，我看到路边时而闪现的羌寨，那种用块石垒起的碉楼一样的房子，以及墙上挂着的红红的辣椒串，心里头更羡慕这里充满诗意的生活。

我乍一听说地震发生在汶川，十几年前那一次短暂的旅程便迅速闪现在脑海中，并由此感叹，人类诗意的生活原来如此脆弱。

但是，在这脆弱中，我们却感受到了更温情的、更强大的诗意。

共和国今夜无眠。无论是国家领导人，还是那些战士、记者、医务人员和许许多多的老百姓，都在为汶川祈祷，为所有的受灾地区和人民做着各种各样的努力。

我听到了胡锦涛总书记主持常委会部署紧急救灾工作的新闻；我看到了温家宝总理俯在废墟上视察营救学生时泪流满面的镜头；我看到解放军战士试图穿过黑夜寻找道路前往震中灾区做出的种种努力；我看到电视转播车在震区的大雨中匆促驰过；我看到那么多医疗队都在赶赴灾区的途中；我看到海外华人紧急募捐的场面；我更从

网上读到天南海北数以万计的网友发给灾区的情真意切的寄语。

短短几个小时，因为这场突如其来的灾难，我们发现，这个国家的人们，原来一直在彼此关心、彼此相爱。不要问他们的民族，也不要问他们的身份，不管他们是远隔重洋还是近在咫尺，今夜，每一颗中国心，都在为灾区的同胞而跳动。有一句话表达了我们的感情：今天，我们都是汶川人。

此情之下，我不禁固执地想起汶川县城边上那一家简陋的小餐馆，那位满脸笑容给我端来一碗荞麦面的女店主。她还活着吗？她的小餐馆倒塌了没有？我打电话给成都的朋友，想打听汶川的消息，他的回答是汶川的交通、电力、通信全都瘫痪，谁也不知道那里究竟发生了什么。我于是整夜守在电视机前，但是，汶川依然在所有焦灼的目光中，没有任何消息。

在等待中，电视上陆续传来北川、都江堰、雅安、绵竹等受灾地区的画面：一个满脸血污的老人拄着拐棍走过崩塌的山体；一个小姑娘被武警战士从钢筋混凝土的废墟中扒了出来；一个骨折的汉子挣扎着下地，将露天的病床让给临盆的孕妇。不知不觉地，我为他们高兴，也为他们流泪。我感到营救的和被救的，都是我的亲人。我双手合十虔诚地祈祷，希望汶川那位女店主安然无恙，希望我再次前往汶川时，她还能为我煮一碗又香又辣的荞麦面。当然，我还希望所有埋在废墟中的人都被成功地营救，希望所有在地震中死去的人，在告别人世的那一瞬间，不至于有太多的痛苦。营救每一个人，就是营救共和国的每一滴血液；祝福每一个人，就是祝福共和国的每一个细胞。

鸟　巢

　　一家著名杂志评出目下世界上最为新奇的十大建筑，中国占了三个，且全都在北京。它们是：中央电视台总部大楼、国家大剧院和国家体育场。人们习惯称国家大剧院为"鸟蛋"，而国家体育场则被称为"鸟巢"，以形喻名，都很允当。

　　美国哲学家、文学家桑塔耶纳在评价英国的建筑时，开篇第一句话便是"鸟巢是最早的建筑物"。他接着说："我琢磨着早在人类直立行走，不再靠尾巴在林间飞来荡去之前，鸟雀便开始筑巢了。"从地球上最古老的建筑到人类文明中最为新奇的建筑，从仅能容下两只小鸟的树枝间的一只小草窝到能容纳近十万观众的巨型建筑，这两者之间几乎毫无共同之处。简而言之，前者是"本能"产生的作品，而后者则是"智能"的完美体现。没有精湛的科学技术，没有强大的经济实力，鸟巢这样的建筑不可能出现在北京。

2008 年 8 月 5 日晚上，离奥运会开幕还有三天，我第一次走进了鸟巢。它的外观给人以视觉的震撼，但其内部还是一个中规中矩的体育馆。高低不齐参差不一的钢制的梁、檩与椽，在一起旋转、扭动，仿佛一场酣畅淋漓的钢铁的舞蹈，真个是有形中的无形、无序中的有序。强烈的形式感让人产生进入它内部的渴望。

说它的内部是一个中规中矩的体育馆，这并非贬义。由于体育比赛的各项要求，体育馆首先保证的是它的功能。但是，拥有八万个永久座席的体育馆，毕竟对各方面的要求都非常之高。在它巨大的空间里面，高科技无处不在。单说地面，它就不止一层。可以说，它由若干层地面组成。在北京奥运会开幕式上，有一个直径十八米的地球从地下冉冉升起。升到地面的时候，坐在十五排的我，依然可以俯视它。这样一种空间处理，足以保证场内的每一名观众都能看清运动员在场内的竞技。运动场内的地面也非常阔大，开幕式第一节，当两千零八名鼓手推着方形大鼓进入场内站定时，却只能站满跑道内的中间那一部分。

不管从哪一个角度讲，"鸟巢"都是世界级的建筑杰作。如果没有奥运，我想，这样的建筑作品不会出现在北京。中国给予世人的印象，一向是保守的、封闭的，甚至是呆板而没有笑容的。但"鸟巢"的出现，让世界大吃一惊。如果它出现在纽约和巴黎，人们觉得很平常，出现在北京，他们就觉得匪夷所思。这是因为无论是外国人还是醉心于传统的中国人，都认为北京的建筑代表应该是重檐叠拱的紫禁城，是灰墙黑瓦的四合院。而"鸟巢"与"鸟蛋"等，都过于怪异，无怪乎有西方人惊叹："中国成了前卫建筑设计师的试验场。"本文开头所说的北京的三个新奇建筑，的确看不出它们在什么地方体现了中国元素。

这让我想到闻名世界的那座埃菲尔铁塔，当它于1889年出现在巴黎城中，几乎所有法国的绅士都不接受它，认为它玷污了法兰西文化。但是，现在它却成了巴黎的形象标志。可以预见，"鸟巢"与另外两个新奇建筑，若干年后，必将与故宫、天坛、颐和园等建筑一样，成为北京不可或缺的地理标志。

领袖的力量

　　武汉《上层》杂志社的同人们，依据他们的评判标准，极其谨慎地评选出武汉地区的四十位领袖人物。他们分别来自行政、地产、金融、汽车、商贸、艺术、教育等行业，他们在各自的行业中，都是金字塔顶上的人物。

　　"领袖"这两个字，历来让我充满敬畏。在传统的观念中，我们所说的领袖人物，通常是指那些掌控国家命运的政治家。"决胜于千里之外，运筹于帷幄之中""谈笑间，樯橹灰飞烟灭"，多少赞美的诗句，像春天的雨水一样洒向他们；多少璀璨的光环，像夏日的虹霓一样围绕着他们。毋庸讳言，领袖的身上集中体现了一个民族的精神、一个国家的品质。杰出的领袖是人民心中的偶像。在历史的星空中，领袖像永放光芒的星斗，指引着人类生活的方向。

　　但是现在，关于领袖的概念，有了很大的改变。首先，"领袖"这个词走下了神坛，它不再只是隶属于政治的专用名词，而是拓展到社会生活中的每个领域。它有了许多前缀，从而产生了新的意义，诸如商界领袖、文坛领袖等等。

《上层》的这次评选，由于不是海选，也没有约定俗成的评审规则，加上不可避免的主观意识和缺乏更为广泛的社会资讯，可能会有遗珠之憾。但是，从入选的名单来看，这些人绝对是武汉地区的各界精英，称他们为地区的行业领袖，并无拔高之嫌。

谚语说：鸡飞得再高，也不能与鹰相比。这句话道出了在物竞天择的世界中，不同种类的差别。在我来看，领袖与常人的差别是，在设计自己的人生、实现自己的理想、完成自己的事业的过程中，常常表现出异常的禀赋与坚忍不拔的毅力。换句话讲，他们不但对周围事物有着敏锐的洞察力，更有把握方向回避风险的果断的决策力。当然，仅有这两点是不够的，他们还必须具有完成事业的执行力，并有对社会生活及周围人事的影响力。洞察力、决策力、执行力、影响力这四种力，不但是构成领袖人才的主要素质，更是他们能够引导公众生活的魅力所在。从这一层意义上说，我们可以完全赞同这句话：领袖就是力量。

领袖的力量在于：他们不但有着令人信服的感召力，更有着令人尊敬的公信力。古人讲，不以成败论英雄。这在崇奉道德至上的儒家中国，原有着无远弗届的文化基础。中国人是把个人的操守看得比事业更为重要的。不择手段地攫取商业利益，不分是非地谋取个人名位，这种人，或可成功于一时，但绝不可能显赫于一世。因此，公信力乃是领袖的命根子。一个人可以不当领袖，但绝不可以丧失做人的尊严；反之，一个人把尊严看得比生命更为重要，并在此道德的基座上构建自己的理想大厦，那么，领袖的光环迟早会罩在他的头上。

当我们的文化走向多元，当市场这个穷极变幻的魔术师正在改变我们的生活时，我们每一个人都应该学会欣赏。欣赏什么呢？像欣赏阿炳的《二泉映月》、欣赏断臂的维纳斯那样，来欣赏我们这片土地上涌现出来的各个行业的领袖们。因为有了他们，我们这片土地才有了诗意，我们的生活才产生了激情。

记《甲申文化宣言》

2004 年 9 月 3 日至 5 日，由语言学家许嘉璐、国学大师季羡林、哲学家任继愈、物理学家杨振宁和文学家王蒙联名发起的"2004 文化高峰论坛"在北京举行。七十余位海内外华人学者作为论坛成员参加了这次盛会。他们中既有科学家，也有教育家、企业家、文学家及艺术家，都是一时俊彦。

在两天的大会报告中，共有三十一位学者在论坛上发表了演讲。他们从自己的专业出发，切合论坛的主题"全球化与中华文化"，或高屋建瓴，或阐发幽微，都发表了精彩的见解。论坛的组织者中华文化促进会，准备将这些演讲汇辑成册出版，相信会得到热衷于研究中华文化的读者的喜爱。

在会上，我亦被安排发表了演讲，题目是《传媒时代的文学》，因大会给予每一位演讲者的时间只有十分钟，若超过时间，执事者便会摇铃提醒。这么短的时间想谈透一个问题显然不可能。好在大会事先已印发了演讲稿，可以会下阅读与交流。在会上，登坛者都只是宣读其论文的主旨。

我之所以要在论坛上谈传媒时代的文学问题，乃是因为近几年来中国文学的现状引起了我的思考。抛开意识形态层面不讲，不管东方与西方，以网络与电视为代表的新型传播手段，正在向传统的以纸质为主的传播手段提出巨大挑战。在中国，广大的青少年已无法离开网络，而更为广大的农村与城市，电视更是成为人们生活中不可或缺的一部分。一部小说发行十万册，已是令文学界颇为兴奋的畅销书，但一部电视剧的播出，用千万人次计，还不能算是轰动。这是一个无法逆转的事实，亦是传媒时代的文学所面临的困境。我在论坛上提出这一问题，是希望引起人们的重视。

在所有的论坛成员中，我只是微不足道的一个。许多演讲者，如许嘉璐、杨振宁、王蒙、杜维明、张信刚等等，都谈到中华文化的大问题，其睿智、其思考，既充满激情，又闪耀着理性的光芒。

论坛的重头戏，乃是与会者共同发表《甲申文化宣言》。借这一纸文字，向国际社会表达我们的文化主张。

宣言草稿出来后，与会者字斟句酌，最后达成共识，每一位论坛成员都签署了自己的名字。

在这份《甲申文化宣言》中，我们首先承认文明的多样性，并希望经过全球化的洗礼之后，各种原生状态的、相对独立的多样文明将获得更为广泛的参照、更加坚定的认同。我们反对以优劣论文明，或者将不同文明之间的关系形容为不可调和的冲突，甚至认为这种冲突将导致灾难性的政治角力和战争。我们尤其强调五十六个民族共同创造的中华文化，至今仍是全体中国人和海外华人的精神家园、情感纽带和身份认同，并确信中华文化注重人格、注重伦理、注重利他、注重和谐的东方品格和释放着和平信息的人文精神，对于思考和消解当今世界个人至上、物欲至上、恶性竞争、掠夺性开发以及种种令人忧虑的现象，对于追求人类的安宁与幸福，必将提供重要的思想启示。

可以说，这份宣言表达了我们所有参与者对中华文化的热爱以及在全球化过程中的忧患。我在宣言上签下自己的名字后，心绪难平，又写下一首七律：

聚首京华著汗青，群贤欲塑汉唐魂。
挂帆破浪济沧海，举火焚膏照国门。
强国首先强智慧，养生须得养心灵。
诗人不敢忘忧患，何况今年是甲申。

使命与福气

数日前，接到省电视台专题部袁女士电话，告知我入选湖北改革三十年三十位代表人物，要为我做一个专题片。当时我颇感诧异，问她我能代表什么。她说我是文学艺术界的唯一代表。目前，好多地方都在搞三十年三十人的评选活动，作为宣传，这不足为奇，但遴选人物是否妥当，又另当别论。就像我，是否可作为湖北改革开放文艺界的代表人物，的确有待商榷。但是，作为改革时代的文学的见证人，我倒是感慨良多。

1978 年 11 月，党的十一届三中全会召开时，我只是一个二十五岁的青年，在老家的县文化馆从事文学创作辅导工作。我那时的精神状态是苦闷多于欢乐、压抑大于宣泄。读过全会公报，我朦朦胧胧感到国家政治将发生翻天覆地的变化。但那时，我毕竟只是一个阅世甚浅、眼光局促的文学青年，不知道改革真正的意义在于何处。

当年，《实践是检验真理的唯一标准》一文的发表，带来了一场风雷激荡的思想解放运动。文学界闻风而动，以"伤痕文学"为代表，写出了一大批反思"文革"及极左思潮、为改革鼓与呼的好作品。20世纪80年代初的全国获奖作品，无论是小说、报告文学还是诗歌，都曾在老百姓中广为传诵。这些作品既是个人的，也是时代的；既是鲜活的真实，又是冷凝的思考。很多人认为，改革的初期是文艺的春天。

进入90年代以后，随着改革的深入，社会的兴奋点不再是批判而是建设，不再是精神而是物质。此情之下，文学艺术开始受到冷落。由于市场化的推进与阅读群的丧失，文学的阵痛开始了，艺术也极大地分化。一些为改革鼓与呼的作家、艺术家，慢慢地被社会边缘化。

21世纪开始，随着民族复兴口号的提出以及建设和谐社会目标的确立，经历了阵痛并日见萎缩的文艺再次活跃起来，文学艺术不但找回了尊严，同时也找到了融入时代的感觉。可与"伤痕文学"媲美的"新时代文学"日见灿烂，一大批文艺新人脱颖而出，文艺的星空值得人们重新仰望了。

经历了改革的三十年，我真的有恍若隔世之感。在这三十年中，我出了二十几本书，但我认为最值得一提的作品有两个：一是我1979年写作、1980年获全国首届中青年优秀新诗奖的政治抒情诗《请举起森林一般的手，制止！》，那是一篇为改革鼓与呼的作品；二是我于2005年获得第六届茅盾文学奖的四卷本历史小说《张居正》，这是一部为改革思考的作品。从鼓与呼到思考，可以从中看出改革发展的历程，亦可看出一名作家"位卑未敢忘忧国"的忧患。

1919年到1949年这三十年，一场新思想运动最终导致了一个新中国的诞生；1978年到2008年这三十年，一股改革开放的浪潮催生了一个灿烂无比的新时代。这两个三十年，都掀开了中华民族历史的新篇章。作为一名作家，能够参与新时代的建设并重塑中国的形象，这不仅是使命，而且是福气。

美丽的天命之年

前天中秋节，我收到了一则朋友发来的祝福短信，其文如下："你生命中的秋天，是枫叶一般的色彩，不似春光胜似春光，时值霜天季节，却格外显得神采奕奕。愿你过的每一天，都像十五的月亮一样成功圆满。"读罢这则短信，我笑了起来。2003年，当我年满五十的时候，我就已经强烈地意识到，我的生命已经进入了"不似春光胜似春光"的秋天。

童年时，五十岁的生命对于我来讲，是一个遥远的概念。那一份陌生，那一份神秘，仿佛从来都不会在我的生命中出现。今天，当我生命的航船，已经驶过了五十岁的港口，在经历了许许多多的风雨、许许多多的坎坷之后，我才真切地感到，五十岁的生命，该是一个多么饱满的概念。

今天，当我这个五十岁人在这里祝贺另一个五十岁人的华诞，我感到我们不仅都处在盛年，而且，我们的心态都如此年轻，我们的血管中都还燃烧着火一般的激情。

孔子说："三十而立，四十而不惑，五十而知天命"。他这是把哲学的年轮刻进我们的生命。当我的五十岁到来的时候，我曾认真思索过什么是我的"天命"。中国的知识分子，代代相承着一个宝贵的传统，即对自己的祖国，对自己的民族，始终保持着忧患之心。我生而有幸，在我的五十岁时，欣逢民族复兴的伟大时代。这是盛唐气象的再生，这是千载不遇的良辰。在我之前，多少个世纪的文人骚客，虽然有生花的妙笔，但是供他们描写的只有风霜，只有战火，只有民族的屈辱和人民的苦难。而我们却不一样，只要我们愿意去看，只要我们愿意去写，我们脚下的这一片大地上，每天都在创造着波澜壮阔的史诗，每天都在诞生着浴火重生的神话。

杜甫说："文章憎命达，魑魅喜人过。"我的理解是：一个作家，一个诗人，可以生活优雅，但绝不可精神懒惰；可以有闲情逸致，但绝不可丧失为民族思考的责任；可以愤世嫉俗，但绝不可怨天尤人，把个人的痛苦凌驾于时代之上。基于此，一个作家应该用自己的写作来参与社会的变革，来推动民族的复兴，永远把最好的作品奉献给亲爱的读者。

以上是我对"天命"的思索。它是朴素的，而不是玄妙的；它是一种积极向上的生活态度，而不是束之高阁的格言。

祝福你，我的同龄朋友。

祝福你，跨入"天命之年"的长江文艺出版社。

写好书，出好书，出很多很多的好书，应该是我们共同拥有的"天命"。

盛世的呼唤

2007年9月5日，接获有关方面通知，让我进京参加两天后的全国"五个一工程"奖颁奖晚会。这是拙著《张居正》在获得茅盾文学奖之后，获得的又一殊荣。颁奖当日，又接《文艺报》熊元义兄电话，希望我写几百字的获奖感言。说实话，这感言不大好写，因为在获颁茅盾文学奖的时候，我即兴发表了一个简单的答谢词："有记者问我，为什么要写《张居正》，我告诉他，我愿意选取历史上那些积极的、健康的一面，来重塑民族的史诗。过去是这样，将来仍会一如既往地坚持。"

当时就有人笑言："你这是全世界最短的答谢词了。"我个人认为，它虽短，但却是我当时最想说的话。这次应《文艺报》之邀，再发表一次感想，因不是当场发言，故说得稍长一点：

一个伟大的民族，必然有着与之相配的伟大的文化。

而文化的伟大在于它的竞争力、凝聚力和亲和力。凝聚力指向的是族群，而亲和力则是对心灵的吸引。今天，我们谈到经济繁荣，须知创造经济繁荣并不是一件太难的事。难的是保持经济繁荣，它首先要求有一个强有力的文化的支撑。政治与经济的竞争力，说到底，是来自一个民族的文化竞争力。

文学作为文化的一部分，参与了中华民族灿烂的建设与发展。有的时候，它是精神的坐标，譬如魏晋；有的时候，它是民族的风范，譬如唐朝。我坚信，文学不但在过去，即便在现在，甚或在将来，都应该是中华民族的维生素，是不可缺少的生命的营养。

作为一名作家，所有的忧患与焦虑、兴奋与冲动，都只能落到一个实处，即创造出更多的既丰富又品质优良的维生素，奉献给我们的时代和人民。

既然是感言，当然就应该说自己最为真切的感受和最想表达的思想。近年来，"文化复兴"这个口号一直在激励国人。作为一名作家，应责无旁贷地承担起这一任务。这并不是放大自己，而是明确自己的方向，增强自己的忧患。

长城作为中国的象征，已成为人类历史中独一无二的标志。那么，我们当今的文化标志是什么呢？我想，以文学而言，应该是产生一批卓有影响的作家、诗人。没有李白、杜甫，盛唐岂不是一句空话？没有苏东坡与王安石，北宋早期的雄健亦找不到归宿。考诸历史，所有的大作家都是时代的产物。一个思想的时代会产生震烁千古的思想家，一个文学的时代会产生垂范后世的大文学家，而一个娱乐的时代，会相应地产生一批歌星与影星。时代在选择自己的文化方向，作为一名作家，既要顺应时代，也要有开风气之先的勇气，站稳脚跟，保持清醒，写出无愧于时代的伟大作品。

第（二）辑

炎帝的力量

炎帝的力量

　　如果说悠久而灿烂的华夏文明是从一个山洞开始的，我们可能会感到有点奇怪，但事实就是如此。五年前，我第一次来到随州，站在厉山的那个山洞里，有人告诉我，这是炎帝神农的诞生地。那个山洞局促、潮湿，但并不妨碍一个巨人在那里诞生。

　　大凡一个历史悠久的国家，在它的山河大地上，必定会留下许许多多的古迹。这些古迹是历史的见证，是文明星河中一颗颗闪闪发亮的星。随州厉山的那个山洞，走出了炎帝，因此也可以说，那个山洞里走出了中华民族。

　　从炎帝到黄帝，从半坡到河姆渡，从三星堆到马家窑，我们伟大的祖先，在黄河、长江蜿蜒其中的这一片东方的大陆上，创造出了人类最初的智能风景。尽管在五千年前，我们人类赖以生存的地球还处在野蛮的洪荒时代，但中国的大地上，已经诞生了美丽的童话、创世的诗篇。

2009 年我撰写的《颂炎帝文》中，有这样两句："历山共群山而逶迤，姜水引众水而浩荡。"这里面表述了炎帝与华夏文明的关系。在中国的文化脉系中，历来有道统与政统之分。道统涵盖了以科技、文艺、伦理与情操为代表的物质与精神文明，政统包括了以社会、族群、治理与发展为代表的政治与制度文明。我们中华民族两位伟大的始祖——炎帝与黄帝，便是从道统与政统两个方面缔造了永不凋谢的华夏文明。根据简略的历史与传说，我做了一个大胆的推断：炎帝创造了道统而黄帝创造了政统。当然，二者并不能截然分开，他们相辅相成，风雷激荡，最终，让两棵文明的胚芽长成两棵参天的大树。

在《易经·坤卦》中，我们远古的圣贤用"厚德载物"四个字来赞美大地。我猜想《易经》的解释者一定是受了炎帝神农的启示。中国的"道德"两个字，是东方哲学美妙的结晶。道，指的是自然、客观；德，是顺应自然与客观做出的判断，并据此制定人类的行动指南。在今天，"道德"是一个词，但在古代，它是一门哲学。大约公元前 6 世纪，老子的《道德经》横空出世，它上承炎帝的思想，并开启了影响后世的智慧之门。这道门，我们称它为"众妙之门"。

与道德相对应的，是政治。政，是人类活动中汪洋恣肆的状态；治，是基于对政的理解和把握，从而制定策略，对人类的活动做出有效的管理。西方的科学家曾说："宇宙最明显的属性，就是它的不稳定性。"人类社会运行的规律，同宇宙一样，永远充满了不稳定性。在不稳定性中找出社会发展的途径以及管理社会的方法，这就是政治。黄帝是中国第一个政治的领袖。略晚于老子的孔子，在其创立的儒学中，承接黄帝的智慧，实乃开启了中国政治文明的先河。孔子正是因为做了这样一件有益的工作，因而被称为"万世师表"。

炎帝与黄帝，道德与政治，互为表里，相得益彰。炎黄虽然是两个人，但从国家的高度讲，从华夏文明的整体上讲，他们又是一个人。

2010 年的《颂炎帝文》中，我写了这样两句："有一个好故乡，我们人人幸福；有一个好祖先，我们代代平安。"这既是我们每一位华夏子孙的希望，也是我们一次又一次寻根的理由。

"故乡"是一个温馨的词，它让我们想起油菜花盛开的原野，想起漫山的红叶；而祖先则是一个血肉承传的概念，它让我们懂得敬畏，懂得感恩。为什么说"有一个好故乡，我们人人幸福"呢？这是因为故乡不但以它丰富的物产养育我们，而且还以它博大的胸怀接纳我们，并宽恕我们的错误。我说"有一个好祖先，我们代代平安"，不是说我们躺在祖先留下的丰厚遗产中尽情地享乐，而是说祖先勤劳勇敢的品质的传递，使我们后世子孙有化解任何危机的能力。

　　社会的进步并非一帆风顺，每一个时代都有自己的挑战。一百年来，中国发生了翻天覆地的变化。近三十年来，中国更是像万花筒一样旋转。走在北京的长安街上，走进上海的陆家嘴，眺望西气东输的伟大工程，走过南水北调的建设工地，每一位华夏子孙，都会真切地感受到华夏在腾飞，中国在沸腾！作为一个中国人，我为我们自己突然喷发的力量而惊讶：我不知道我的同胞们的聪明才智究竟有没有边际，他们的理想高地究竟要建造到哪里。

　　但有一点可以肯定，我们重新铸造中国的热情，我们敢于超迈古人的勇气，都是来自炎帝与黄帝传导给我们的品质与性格、勇敢与智慧。炎帝创造的八大功绩，是华夏文明的奠基石。概括起来，可以用一句话来总结：一切从零开始。在炎帝之前，华夏子民尚在穴居的原始阶段，是他创造了房屋，发现了五谷，创造了农具，发明了陶器。当人类生活的每一个方面都实现了零的突破，我们生存的地球就升起了文明的曙光，由此我们也看到了炎帝的力量，中华民族创造的力量。

　　一切从零开始，是炎帝留给我们的最为伟大的精神遗产。它既是做人，也是做事；既是开拓，也是创新。一切从零开始，就是从无到有，从小到大，从乡村到城市，从过去到未来。它既是道德，也是政治；既是物质，也是精神。

　　正是因为有了一切从零开始的信念和勇气，我们华夏子孙才闯过了一次又一次的黑暗，消弭了一次又一次的苦难，在地球的东方建造了强大的汉朝，建造了鼎盛的唐朝，建造了过往的辉煌，也建造了今天的盛世。因此可以说，一切从零开始，不仅是我们敬献给炎帝与黄帝的颂歌，而且是激励我们自己一往无前、永不懈怠的座右铭。这是炎帝传递给我们的力量。

城市是我们的历史

在全世界的瞩目中，筹备了七年的上海世博会终于顺利开幕了。

两年前我接受聘请，担任湖北省世博办的首席专家。拿到聘书的那一刻，我忽然意识到，世博会之于我们，不再是一个概念、一种梦想，而是愈来愈近的现实。

半个世纪前，因为一个偶然的机会，我知道了世博会。那时，我刚上小学一年级，老师为了激发我们对故乡的自豪感，讲述了许多在他看来足可夸耀的故乡人事。其中就说到我们县的特产，一种名为"佘正泰"的绿豆粉丝，曾参展巴拿马万国博览会，并获金奖。从此，每吃到这种粉丝，便觉胃口大开。稍长，才知道巴拿马万国博览会就是我们今天所说的世界博览会。在那次大会上，中国馆展出了四千多种民族珍品，并获得一千多个奖项。因此完全可以说，当时的中国馆是中国参加世博会的第一个里程碑。

　　我当时的想法是，洋人通过博览会欣赏中国的物产，足见中国的伟大；但绝对不敢倒过来想：在我们自己的国度举行一次世博会，让中国人在家门口欣赏和品鉴五洲风情、万国衣冠。

　　有时候，历史运行的规律，恰如一句宋词所述："众里寻他千百度，蓦然回首，那人却在，灯火阑珊处。"在21世纪的第一个十年里，在灯火阑珊、争奇斗胜的世界中，不是中国走向了世博会，而是世博会走进了中国。

　　我这么说，丝毫没有君临天下颐指气使的傲慢心态，也绝没有半点夜郎自大万国来朝的妄诞心理，而是想说明，经过一百多年的坎坷与奋斗，浴火重生的中国，已经开始用成熟的现代心智，尊重异域的文化，欣赏别国的风情。听惯了盲人阿炳的二胡，再听一听苏格兰牧羊人的风笛，这是艺术的加法，又何尝不是感情的乘法呢？在览天下于须臾、观四海于一瞬的现代世界中，本土与他乡、人种与族群的界限正在模糊。过去，我们没有资格也没有能力接纳与厚待五湖四海的朋友。现在，我们乐于播种友谊。它的动力不是来自空洞的虚荣，而是打破隔膜之后喷涌的热情。

　　"城市，让生活更美好"是这一届上海世博会的主题。它既是经验领域的普适性定义，又如此符合中国的理想诉求。人类的天赋在于，永远乐意创造更为美妙的新的生活形态。而快乐与幸福是人类愿意遵循的永恒引力。在这个引力的作用下，诞生了诗歌与绘画、舞蹈与音乐，也诞生了科技与教育、园林与建筑……这些足以让人类陶醉的文明，都是构成城市的基本元素。人类花费足够长的时间来建造城市。这个过程既有愉悦，也有痛苦；既是毁灭，也是创造；既是生活，也是历史。

现代工业文明与古代农耕文明的最大区别，就在于城市的诞生与发育。一位西方的诗人说过："一切的路通向城市。"在那路上走着的，有牛顿的宇宙与爱因斯坦的星空，也有孔子的智慧与阿里巴巴梦想的财富。当然，络绎不绝的还有制造了机器的新人类以及在虚拟世界里乐不思蜀的新新人类。

大自然给了人类高山与湖泊、江河与草原，人类又给自己创造了城市。多少个世纪以来，城市给人类的生活带来了美好、舒适与财富，但与此同时，城市的膨胀又给人类带来了污染与浮躁、堵塞与喧嚣。城市已经完全改变了人类的生活格局。因此有理由说，城市是人与自然的新对话。

西方近代文明的历史，说到底就是城市化进程的历史。中国大规模的城市化浪潮，第一次出现在明朝中晚期，第二次就是 20 世纪 80 年代之后。改革开放促使中国的城市得到了前所未有的发展，如北京、上海等城市的从旧到新，深圳、珠海等城市的从无到有，重庆、大连等城市的从小到大，西安、扬州等城市的从衰落到兴盛。每一个城市的华丽转身，都是改革开放的精彩乐章。行走在今天的中国，我们会看到一张张魅力四射的城市名片，可以骄傲地说，近三十年来，中国一直站在全世界城市化浪潮的巅峰上。

今日的城市，已经让历尽坎坷饱经风霜的中国人民感受到了生活的美好。智慧能量的释放，富于激情的冲动，让中国人创造了城市的神话。尽管这神话有时表现出一厢情愿，甚至有些疯狂，但是，一百年后，五百年后，一千年后的中国人，再回望这段历史，他们一定会惊讶，为什么那个时期的中国城市，弥漫着那么多的诗意而又留下这么多的迷茫。

毋庸讳言，创业的激情往往也会导致一些非理性的举动。我们提出"城市，让生活更美好"这一命题，就是想纠正非理性举动给城市带来的诸如生态灾难、物欲横流等弊病。让城市的每一位居民，坐在自己家中，就能畅快地呼吸到辽阔无边的草原上甜丝丝的空气；让书香挤走铜臭，在城市的林荫道上，每一位陌生人脸上都挂着真挚的微笑。

城市同人一样，各有各的性格，各有各的风采。上海世博会的展馆有两百多个，数量为历届之最。徜徉其中，浏览其内，我们会看到不同国家与地区、行业的风情秀，能品味到城市为何会让生活更美好。上海世博园是浓缩了的世界。在这里，文化超越了国界，友谊没有了屏障。

在遵循"城市，让生活更美好"的旨趣下，每一个展馆还会从自身的文化出发，用自己的视角来阐释城市与生活的关系。在湖北馆主展项的创意设计中，我提出了"水是城市的历史，城市是我们的历史"这一理念。这是因为，有着"千湖之省"美誉的湖北，它的所有的城市，无不依江枕湖，山环水绕。因为水的滋养，城市愈见妖娆与生动；因为城市的兴起，江湖成了幸福与财富的源泉。

写到这里，我恨不能再次前往黄浦江边的世博园。尽管我刚从那里归来，我还是想一次又一次地去到那里，参加世界的狂欢，参加不同国家不同民族的长达半年的嘉年华。

我的历史观

　　我最早的历史知识与历史观念，是在乡村鼓书艺人那里获得的。三四岁时，母亲就带着我去听鼓书。那都是半个世纪前的事情了。那时，听鼓书是山中小镇漫漫长夜里唯一的娱乐。鼓书艺人是山区最受欢迎的人物。我从他们惟妙惟肖的说唱中，不止一次地听了《隋唐演义》《说岳全传》《三国演义》等历史通俗话本。这是我的历史文学的启蒙阶段。后来，我走上历史小说创作的道路，也得益于这童年的启蒙教育。完全可以说，童年培植的爱好，影响了我的一生。

　　上小学时，我就喜欢阅读小说，上世纪五六十年代出版的长篇小说，我几乎全部读过，许多小说都让我如醉如痴。但最让我产生阅读震撼的，是姚雪垠先生创作的长篇历史小说《李自成》第一卷。若干年后，当我成为专业作家并有幸与姚老在一个单位时，我除了向他表述我初读《李自成》的感觉，还对他说："我也准备写一部历史小说。"姚老听了点点头说："写好一部历史小说，要有扎实的学养做支撑。"

及至我着手创作长篇历史小说《张居正》时，才理解了姚老这句话的含义。所谓学养，对应于历史，即史识、史鉴、史胆诸因素的综合。说得严格一点，一个好的历史小说家，首先应该是一个称职的历史学者。这就是历史小说与当代题材小说创作的最大不同点。

如果说对历史事件的研究及考证是一个细致的工作，需要作者有甘于寂寞坐冷板凳的耐心，那么，对历史事件与人物的恰当定位及评判，则更需要作者的智慧和阅历。从研究中发现，在故纸堆中开掘，既要有大视野，也要有纵深感。

长期浸淫于历史，我注意到中国历史呈现出两个特点，一是悠久，二是多民族的融合。

历史悠久，便产生丰富性，但亦容易产生歧义，漫漶处易被忽略；多民族的融合，产生了多样性，但异质的文化常遭排斥。我在进行第二部历史小说的创作准备时，便遇到这样的问题。我研究北宋末年的"靖康之变"，即北宋的徽宗、钦宗被金兵掳走这段历史。赵宋南渡，造成中国南北对峙一百多年，国土分裂。既然汉族的皇帝被金兵掳走，那么抗金便成为南宋的第一战略。此情之下，岳飞便成为家喻户晓的英雄。这种观点影响了一代又一代的中国人。我个人认为，南宋与大金是在中国土地上曾经同时存在的两个政权，它们都是中国历史不可分割的一部分，

085

我们评判这两个政权的优劣是应该的，也是必需的，但不应以民族的不同来判断其好坏。事实上，中国历史上的各个民族之间的爱恨情仇，恰恰展现了中国历史的丰富性与多样性，也生动地展现了各个民族对中华文化的形成与发展做出的独特贡献。

在十几年的历史文学创作的过程中，同时在更长的研究历史的时间里，我逐步形成了自己的指导文学创作的历史观。主要是三点：一、永远选择历史上健康的、积极的一面，作为我文学的素材；二、始终提醒自己，不可戏说历史，更不可将历史人物漫画化或者脸谱化；三、要从历史的宝库中开掘时代精神，为读者提供思考的空间，但不可借古讽今，做不负责任的比附与调侃。

在创作《张居正》这部小说时，以上三点我始终牢记。有些细微之处很难区分，但必须把握。所谓形神兼备，形即史识，神即史智。两者结合得好，小说才会既好看，又耐看。反之，小说不是流于通俗，就是接近史著。五年前，我接受一位记者采访，她问我："你是诗人出身，为何转行写历史小说呢？"我回答："我喜欢历史，又喜欢诗，历史小说正好是历史与诗歌的结合。作家的理想就是写出史诗性的作品。"此虽仓促应答，却是我写历史小说的初衷。

也说读史热

随着年龄的增长，我的阅读兴趣渐渐转变。三十岁前，读书的兴味十之八九在文学范畴，古今中外的名著，不分小说、诗歌、散文、戏剧，尽量搜求通读。四十岁前，好读杂书，有趣者如《闲情偶寄》，有见识者如《草原帝国史》，有玄机者如《周易参同契》，甚至《圣经》《道德经》《六祖坛经》等等，无不找来浏览或研读。数年之中，志于博闻，乐莫大焉。五十岁后，阅读面收窄，且专注于史著，由明及宋，由宋及唐，由唐及汉，及春秋战国，愈行而愈远，愈远而愈曲，愈曲而愈精微、愈深邃。真可谓聚数千年于一案，常生发"我见古人，恨古人不见我耳"的感叹。

读史书的益处在于，让人拓宽视野，扩大心胸。人生于世，常有许多烦恼，无论是乐极生悲，还是喜从天降，往往不能自持，颓颓然者有之，飘飘然者有之，但泰然者，骤临巨变而安之若素者，却是少之又少。究其因，就是定力不足，而定力来自知识、修养与心智。读史，正可补此三种。说到底，历史就是人类的社会活动史。数千年来的中国，不知出过多少智者、贤者，又出过多少恶人、奸人。帝王将相也罢，才子佳人也罢，侠士羽流也罢，贩夫走卒也罢，凡在历史上留名的，一定有其过人之处。卞和献玉而被刖足，屈原爱国而投江，陈胜为活命而揭竿，司马迁坚持己见而遭腐刑，石崇炫富绿珠坠楼，董卓造逆东汉分裂……凡此种种，沧海桑田见得多了，成败兴亡见得多了，一个人便会生出定力。有了定力，便有了洞察力；有了洞察力，便有了平常心；有了平常心，便懂得感恩，懂得宽容。

前天去一所大学讲演，有一位同学问我应如何读书。我说，不要躺在床上读书，也不要对着电脑读书，应该坐在板凳上读书，旁边准备一支笔、一个本子，读到好处、妙处，就打记号，就在本子上写心得。我说的这方法可能不适合年轻人，但这是我的经验。电脑的产生让人变得聪明，但不能让人更加智慧。

今年，我坐在板凳上读过的书有《明通鉴》《女真史》《渤海国记》《契丹国志》《宋濂文集》《铁围山丛谈》《松漠纪闻》等数十种。这些书，有的是初读，有的读过若干遍。年轻时若读这些书，会完全读不进去。现在则不然，读这样的书，会让我神清气爽。时下，一股读史热正在国人中蔓延，这是好事。但多数读者，读的多半是介绍历史的书。因此，这一类的书大行其道，且愈来愈磅礴汹涌。若想掌握历史常识，读读此类书亦可称开卷有益。不过，若要真想探求历史的奥秘，还是多读史籍为好。

话剧《司马迁》创作简述

一

司马迁是中国最伟大的历史学家，其不朽的著作《史记》是中国历史文化长河中为数不多的经典著作之一。

司马迁是陕西韩城人，据考证，其生于汉武帝建元六年（公元前135年），卒于汉武帝征和三年（公元前90年），享年四十六岁。

司马迁出生于史官世家。他的父亲司马谈临死时说过这样的话："余先周室之太史也，自上世尝显功名于虞、夏，典天官事，后世中衰，绝于予乎？"周朝的天官即主掌天文历法的官员，当时的制度是历史学家与天文学家兼于一身。

从周至汉，历史漫漶，司马家族的世系亦无法全部准确地考证，从多种史述零星的记述来看，司马迁可靠的先人应是在秦惠王朝廷供职的司马错，他曾与张仪在秦惠王面前辩论伐蜀与伐韩的利害。司马错的孙子司马靳随白起参加过攻击赵国的长平之战。此战坑杀赵国士卒四十五万之多。后来，白起因在朝中与范雎为敌，触怒秦昭王，被赐死。司马靳作为白起的亲信也一同被赐死。司马靳死时，距司马迁出生尚有一百二十多年。

司马靳的孙子是司马昌，当过秦始皇朝廷的主铁官。司马昌的儿子司马毋怿当过刘邦朝廷的市长。在汉朝，凡治邑超过万户的称令，不足万户的称长。

司马昌的儿子司马喜，在汉朝第三任皇帝手上得到"五大夫"的爵位。这是第九等爵，汉朝爵位最高者为第二十等爵。司马喜是司马迁的祖父。

司马迁的父亲司马谈，在汉武帝建元、元封之间当了太史公。太史公是官名，正确的称呼应该是太史令。称公是楚制。司马迁追慕楚文化，所以用楚制称呼其父，后来亦自称。

从有记载的史料来看，司马错之后，司马家族虽屡为朝廷命官，但再没有人担任史官了。司马谈可谓继承远祖之事业。他担任太史令约三十年。他死时，司马迁二十六岁。

司马谈学问博洽，他将上古学问分为六派，即阴阳、儒、墨、名、法、道德，并对多家学问的得失给予确切中肯的批评。这一点，对司马迁治学精神的培养非常重要。

司马谈作为兼管天文的史官，对汉代的封禅制度有很大的贡献，传至今天的祭坛便由他首创。在汉代，封禅是一件大事。司马谈帮助汉武帝确立了封禅制度，可谓功不可没。

但司马谈却未能等到随汉武帝前往泰山封禅，便一病不起。临终前，他拉着司马迁的手说："余死，汝必为太史。为太史，无忘吾所欲论著矣！且夫孝始于事亲，中于事君，终于立身，扬名于后世，以显父母，此孝之大者。夫天下称诵周公，言其能论歌文、武之德，宣周、召之风，达太王、王季之思虑，爰及公刘，以尊后稷也。幽厉之后，王道缺，礼乐衰，孔子修旧起废，论《诗》《书》，作《春秋》，则学者至今则之。自获麟以来，四百有余岁，而诸侯相兼，史记放绝。今汉兴，海内一统，明主贤君忠臣死义之士，余为太史而弗论载，废天下之史文，余甚惧焉，汝其念哉！"

司马迁听了这番话，涕泪横流，对父亲说："小子不敏，请悉论先人所次旧闻，弗敢阙！"

可以说，司马迁创作《史记》的直接动力，来源于父亲的遗命。他很快就继承父亲官职而当上了太史令。上任之初，他说："先人有言：'自周公卒五百岁而有孔子。孔子卒后至于今五百岁，有能绍明世，正《易传》，继《春秋》，本《诗》《书》《礼》《乐》之际？'意在斯乎！意在斯乎！小子何敢让焉！"

在司马迁担任太史令九年的时候，朝廷发生了李陵事件。李陵兵败投降匈奴，汉武帝震怒，满朝文武没有人敢站出来为李陵讲话，唯有司马迁秉公直言为李陵辩护。汉武帝当即下旨将司马迁关进大牢，第二年，又将司马迁处以宫刑。这一年，司马迁三十八岁。

司马迁遭受宫刑之后，曾沉痛地说："太上不辱先，其次不辱身，其次不辱理色，其次不辱辞令，其次诎体受辱，其次易服受辱，其次关木索、被箠楚受辱，其次剔毛发、婴金铁受辱，其次毁肌肤、断肢体受辱，最下腐刑极矣！"可见腐刑（即宫刑）是最让人受辱而不可忍受的。依司马迁刚直不阿的性格，他本可以慷慨一死以保尊严，但因为他不可辜负父亲伟大的遗命，故忍辱偷生。

司马迁应自二十八岁时开始写作《史记》，完全成书则是四十五岁。《史记》共一百三十篇，五十二万余字，既是中国伟大的历史著作，又是中国杰出的文学经典。鲁迅称《史记》为"无韵之《离骚》"，这种肯定乃是告诉世人：《史记》是中国的史诗。

二

虽然司马迁是中国文化中的一个杰出人物，但还未产生将其生平搬上舞台或荧屏的有影响力的作品。现在，首先将其搬上话剧舞台，至少有三个方面的意义：

其一，弥补话剧艺术中的空白。我国的话剧尽管产生过不少经典力作，但以司马迁为主要人物的话剧，到目前为止，尚属空白。

其二，司马迁是个著名历史人物，但对中华民族的贡献不在于开疆拓土，亦不在于铁马金戈的生涯，而在于用一支"惊天地泣鬼神"的狼毫谱写出独步千秋的史诗。因此，他的事迹及坎坷生平适宜于用话剧来表现。

其三，当下之世，正处于民族复兴的伟大进程之中，文化繁荣是民族复兴不可分割的有机部分。民族复兴首先是文化的复兴，讴歌历史中的杰出人物，亦应是文化复兴题中应有之义。

此三点就形势而言，若探求司马迁之政治观与民间精神，尤其有其独特的意义，对今天的历史进程有借鉴的作用。他的史学，始终将经世致用作为目标。他的政治观点，在《史记》中多有表述：

> 汉兴，破觚而为圜，斫雕而为朴，网漏于吞舟之鱼，而吏治烝烝，不至于奸。黎民艾安。由是观之，在彼不在此。
>
> ——《酷吏列传》

> 尧虽贤，兴事业不成，得禹而九州宁。且欲兴圣统，唯在择任将相哉！唯在择任将相哉！
>
> ——《匈奴列传》

　　贤人乎！贤人乎！非质有其内，恶能用之哉？甚矣，"安危在出令，存亡在所任"，诚哉是言也！

——《楚元王世家》

　　司马迁所处的时代，是中国历史中最为灿烂辉煌的时代之一，这个时代的代表者是汉武帝。汉武帝之下，有两个文化代表人物，一个是"罢黜百家，独尊儒术"的董仲舒，另一个就是司马迁。让司马迁这个人物在话剧舞台上重新复活，并让今天的观众看到他横溢的才华与人格的魅力，并不是一件容易的事。唯其难，我们才有去塑造他的动力和理由。

三

　　司马迁虽然景仰孔子，但他自己却深深喜爱楚文化。因此，他写作的《史记》始终激情磅礴，想象飞腾，在史学的严谨中显露出浪漫诗人的情怀。

　　通过《史记》我们可以了解到，司马迁是一个百科全书式的人物，他的学问超过了父亲司马谈，但他的性格却比父亲要热烈而浪漫得多。如在《游侠列传》中他脱口而出的评论："自秦以前，匹夫之侠，湮灭不见，余甚恨之。"这样的语言，与其说是史家，不如说是诗人。

类似以上这样的评价不胜枚举，它们不但没有减损《史记》的价值，反而增加其光芒。关于《史记》的历史地位，清代著名史家赵翼在《廿二史札记》中这样评价：

> 司马迁参酌古今，发凡起例，创为全史，本纪以序帝王，世家以记侯国，十表以系时事，八书以详制度，列传以志人物，然后一代君臣政事贤否得失，总汇于一编之中。自此例一定，历代作史者，遂不能出其范围，信史家之极则也。

由于以上的种种原因，《司马迁》这部话剧剧本以司马迁的生平事件为经，以《史记》的写作为纬，互为交织，虚实相生，动静相宜，始终洋溢着浪漫的诗情与生动的细节。

初步设想全剧分为腐刑、故乡、大雪、立春、殉道五幕，因尚在构思阶段，故不在此处详言五幕内容。不过，这五幕话剧要达到的效果，仍可归于司马迁本人而说："何知仁义，已向其利者为有德。"（《游侠列传》）

关于三国的话题

2007年是我的旅游年。尽管我爱好旅游，但让我拿出差不多九个月的时间在旅途上奔波，这也并非是我的选择。事实上，我的旅游尽管是快乐的，却是被动的；尽管是丰富的，却是劳累的。因为拍摄《风云三国志》这部大型历史纪录片，我带着摄制组八位同志，分驾两台车，走过黑龙江、吉林、辽宁、内蒙古、山西、陕西、河北、河南、四川、重庆、云南等十一个省市，行程两万三千余公里，采访了数百处三国遗迹。

一路上，我们探访了很多古战场，很多消失了的城市的遗迹，很多三国名人的纪念建筑、坟茔以及一些新造的三国旅游景点。可以说，在中国的历史长河中，没有哪一段历史像三国那样，让国人如此津津乐道。三国的历史不足百年，但留下的遗迹，仅被授予全国以及省、市三级文物保护单位的，也有将近千处。这么大的数量，为国内仅见。

在采访过程中，我们也碰到许多有趣的问题。如三国时期最重要的人物曹操、刘备、孙权，都没有像样的纪念祠，特别是曹操，纪念他的古建筑，连一处都没有。在洪湖乌林，我们看到当地农民在曹操的兵败处砌了一个纪念他的草庙，简陋不堪。但是，关羽与诸葛亮两人的纪念性建筑，每人都有上百处之多。像洛阳的关林、当阳的关陵、成都的武侯祠、汉中的武侯墓、南阳的武侯祠、襄樊的古隆中等等，都是全国重点文物保护单位。五丈原的诸葛亮庙等，也都是省级文物保护单位。去年10月，我们去五丈原的时候，正好是诸葛亮的生辰。那一天秋雨绵绵，凉意加深。我依次看过五丈原上保存的多处诸葛亮的遗迹，然后，应五丈原武侯祠管理人员的邀请，赋诗一首以留念：

一自卧龙离去后，蜀水巴山响杜鹃。
归辇犹闻笳鼓壮，卷戈谁抚铁衣寒。
苍天不遂英雄志，大地空留烈士篇。
难信金瓯能久缺，陇头司马定中原。

第三天，我们又来到汉中勉县的定军山。诸葛亮死于五丈原，遗命葬于定军山。看过他的松楸森森的墓冢之后，又应主人的邀请，泼墨挥毫写了一副对联：

兖州、荆州、益州，一生事业千秋相

隆中、汉中、关中，半世功名五丈原

前面的诗，是对诸葛亮的凭吊和感叹。后面的联，是对诸葛亮一生的总结。诸葛亮二十七岁出山，五十四岁死，所以说他是半世功名。而他毕生的事业都是辅佐蜀汉政权，欲完成统一中国的大业。从这一点上说，他是一位了不起的"千秋相"。

我想，中国人对关羽与诸葛亮的肯定，实际上是对"义"与"忠"这两种传统美德的仰慕。关羽之义、诸葛亮之忠，都是国人感情上的依附与寄托。这两个人的功过是非，从历史角度评价与从道德角度评价，存在很大的差异。历史中的真人与被纪念的神人，也有极大的不同。在历史中，三国时期最伟大的政治家，应该是曹操。无论是对诸侯割据局面的控制还是在选用人才上，甚至在文学辞章方面，曹操都有着卓越的建树。但在民间的道德记忆中，他却成了"奸雄"的代名词。所以，后人便没有兴趣去纪念他。大凡以天下为己任的人，总是把事功放在第一位，为了完成自己的理想，甚至不择手段，道德上便难免有欠缺。这样的人，在一个同情弱者、道德至上的品鉴系统中，不会占到任何便宜。

类似于以上这些令人深思的文化现象，在我的三国主题旅游中，经常会碰到。一个人一旦进入了历史的误区，如果不能慎之又慎，一定会迷不知终其所止。

话说三国的战争

在现代文明社会中，政治的最高形式是民主。但在漫长的历史中，政治的演绎过程往往伴随着战争。杀戮不能称为人类的嗜好，但却是解决政治纷争的最为简捷的方式。翻开古今中外的史书，这样的记载不胜枚举。

如果我们试图分析和归纳一个战争的年代，用以启迪人们对历史的思考，那么，最为合适的案例应该是三国时期。按历史学家们的划分，这一时期起自公元 190 年董卓劫持汉献帝到长安，终于司马炎建立晋朝，并于公元 280 年消灭吴国，前后九十年时间。

在那九十年里，政治的主要体现形式是战争。因此可以说，那是一个诞生了许多战争神话的时代。生在盛世的人们，不会憧憬那个时代，但我们可以从中汲取能作用于我们生活的一些经验和教训，并引起我们对历史与政治的思考。

那个时代，因为是用战争来定义人们的生活，所以，我们会看到一些不愉快的场面，例如，混乱代替了秩序，残忍代替了和谐。当然，也有一些积极的表现令我们向往，例如，智慧代替了权威，英雄代替了小人。

说到英雄，今天的人们给这一称谓加了很多前缀，什么财富英雄、文化英雄、道德英雄、科技英雄等等，这导致英雄泛滥。在历史的记忆中，英雄是特指那些叱咤风云、鏖战沙场的人物。在三国时期，这样的人物多如雨后的春笋。无论他们是高贵还是贫贱，是优雅还是粗俗，是统帅还是谋臣，是将军还是士兵，无一例外，他们都是战争这部巨大机器中的有机的一部分。正是因为他们，政治成为智慧的结晶，战争上升为一门艺术。

不过，有一点值得说明，战争是乱世的产物，而乱世，又恰恰是英雄辈出的时代，三国便是这样的一个时代。由于英雄，由于战争，我们记住了这个时代。今天的中国，几乎很少有人不知道三国的故事。但是，对三国人物的褒贬，我们受到了《三国演义》这部小说的巨大影响。大凡历史悠久的国家，国民都有嗜史的习惯。希腊人是这样，俄罗斯人是这样，印度人是这样，中国人更是这样。但一个国家有一个国家的历史观，一个时代有一个时代的历史观。既然今天的中国人对三国人物的褒贬深受《三国演义》的影响，那么可以说，关于三国的历史观，我们受到了明代人的影响。《三国演义》的作者罗贯中生活的明代，是一个英雄渐渐退隐，而名士开始受到追捧的时代。平淡的世俗生活让人追求的不是理想而是刺激，不是英雄的信史而是神怪的志异。

这种生活信念的变化，是因为自从洪武皇帝朱元璋开国，一直到万历皇帝时期，两百多年间，大部分国人没有经历过战乱。和平使人幸福，和平也让人丧失忧患。我猜想罗贯中创作《三国演义》的动机，一定是想唤起国人对英雄的记忆。

罗贯中尊崇刘备而贬抑曹操，对刘备集团的文臣武将进行浓墨重彩的歌颂。这种历史观不仅受到了《三国志》作者陈寿的影响，而且走得更远。罗贯中这一思想的形成，也可以归根于明朝的意识形态。朱元璋立国之初，便精心打造了两根精神支柱来撑起他的帝国大厦。这两根支柱，一根是忠，一根是孝。万历初年的首辅张居正曾写过一副对联："一等人，忠臣孝子；两件事，读书种田。"这副对联可以说高度地概括了朱元璋的思想。

忠臣孝子，是朱元璋要求他的子民仿效的楷模。以这种道德标准衡量，曹操属于乱臣贼子，而刘备因为是皇室的族裔而被认为是国祚的当然继承者。罗贯中虽然唤起了人们对三国英雄的记忆，但是，他对三国人物的褒贬，亦受到了明代人忠孝观念的影响。我不是说忠孝有什么不好，只是想说明，任何好的观念，若强调到绝对的地步，就会走向它的反面。

现在，我们要重新走进三国的历史，首先便须摆脱罗贯中与陈寿的影响。譬如说，三国的战争，官渡之战也好，赤壁之战也好，它们堪称战争史上的经典，但若从政治的层面揭示其意义，就不难发现，它们都是为了统一中国而战。

关羽是风俗中人

　　2007 年，我因为要写《三国的战争》这部书，花了差不多九个月的时间，走了十一个省市，行程两万多公里，几乎跑遍了所有的三国遗址。回到家中检点沿途收集的资料及随手写下的笔记，发现了一个有趣的问题，三国的众多遗址，列入县、市、省、国家四级文物保护单位的，共有两千余处，其中最吸引游客眼球并享名最久的，竟都是诸葛亮与关羽这两个人的纪念性建筑。纪念关羽的全国重点文物保护单位有山西解州的关帝庙、河南洛阳的关林、湖北当阳的关陵等等。虽然庙堂性的纪念建筑，关羽比诸葛亮要少一些，但民间的纪念建筑，关羽又远远超过诸葛亮，中国几乎每一个县都有关帝庙。

　　倘若遵循真正的历史，诸葛亮与关羽绝对不可能成为三国历史的轴心。尤其是关羽，文治谈不上，武功有得有失，特别是荆州一役，竟惨败在吴国小将吕蒙手下，使本来实力最弱的蜀国雪上加霜，从此一蹶不振。

　　但是，民间的记忆与历史的记忆并不是一回事。历史重功绩，民间重道德。一个因自己的轻敌和孤傲而让敌人割了头颅的败军之将，为何成为众星捧月的英雄？而且不是一般的英雄，他自宋之后被许多皇帝追封，在明代达到了"圣"的地位。当时，文圣是孔子，武圣是关羽，一文一武，堪为万世师表。从这一点说，中国的武将们，没有一个能够超过他，即便是历史与民间都很看重的楚霸王项羽，也不能与关羽相比。比较之下，三国的头号政治家曹操及关羽始终效命的刘备，也相形见绌了。

　　不过，关羽的武圣同孔子的文圣相比，多少有点底气不足。在历史中，凡集学问之大成者，谓之硕儒，谓之泰斗；凡集道德之大成者，则谓之宗师，谓之圣人。泰斗乃人之极品，而圣人则已不是人，而是神了。中国人虽然擅长造神，但并不是随便什么人都可以被捧到神的位子上。

　　关羽之所以成了神，有两个人起了关键性的作用，一是大明开国皇帝朱元璋，二是《三国演义》的作者罗贯中。

　　先说朱元璋。这位和尚出身的农民起义军领袖，创建了大明王朝之后，便把"忠孝"二字定为立国之本。忠孝为本，耕读传家，是明代人广泛遵循的道德原则与用世法则。万历首辅张居正曾写过一副对联："一等人，忠臣孝子；两件事，读书种田。"把朱元璋的帝治思想阐述得清清楚楚。

在忠臣孝子被视为社会楷模的文化环境下，明代的文学艺术作品自觉不自觉地都会服务于这一思想约束与文化语境。大约成书于明嘉靖年间的《三国演义》，便带上了鲜明的时代印记。用时下的观点说，罗贯中创作的《三国演义》是一部服务于帝王思想的主旋律作品。但与主旋律作品不同的是，罗贯中没有给他笔下的人物贴标签、画脸谱，而是遵循文学创作的规律，让那些在宏阔的历史画卷中粉墨登场的人物，个个栩栩如生，活灵活现。罗贯中塑造的三国人物，给读者留下深刻印象的，不下二十位。这些人既是历史人物，又是文学典型。但全书贯穿的思想，始终离不开"忠孝"二字。刘备忠于汉室，诸葛亮与关羽，一个文忠，一个武忠，又始终对刘备忠心耿耿。数百年中，中国没有哪一部小说，能够像《三国演义》这样深入人心。究其因，一是三国那段历史波诡云谲，二是小说中人物生动逼真，三是它宣扬的忠孝思想始终是中国人的道德追求。

应该说，因为有朱元璋的忠孝立国的思想，因为有罗贯中的生花妙笔，才有了关羽成圣成帝的可能。客观地讲，诸葛亮与关羽两位忠臣，都塑造得很好。在文人的心目中，诸葛亮的地位更高。杜甫的诗句"出师未捷身先死，长使英雄泪满襟"，道出了所有读书人对他的尊敬与怀念。但诸葛亮始终只能是道统中的楷模，而关羽则不一样，抬举他的、热捧他的是历朝历代的政统。相比于道统，政统有着更加强大的影响力。道统提倡风气，政统提倡风俗。以此论之，诸葛亮是风气中人，而关羽则是风俗中人。

罗贯中塑造的诸葛亮与关羽都很成功，为何诸葛亮不入政统的法眼呢？这是因为，文臣与武臣是有差别的。文臣忠于社稷，忠连着忧患；武臣忠于朝廷，忠却连着愚。与忧患相连，忠是有条件的；与愚相连，忠是无条件的。任何时候，对于政统来讲，愚忠总是受欢迎的。

关羽的履痕所在，我去过不少。从他的故乡到他殒命之地，从他被塑为"战争之神"的官渡到他兵败如山倒的麦城，每到一处，凭吊之余还是凭吊。但是，当我于秋风中到了诸葛亮撒手人寰的五丈原，却不免感慨唏嘘，当场写下了一首七律：

> 一自卧龙离去后，蜀水巴山响杜鹃。
> 归辇犹闻笳鼓壮，卷戈谁抚铁衣寒。
> 苍天不遂英雄志，大地空留烈士篇。
> 难信金瓯能久缺，陇头司马定中原。

这首诗写于 2007 年 10 月，虽然过去了五年，我思想的脉络没有任何改变。

桃花夫人记

晚唐的著名诗人杜牧，写过一首《题桃花夫人庙》：

> 细腰宫里露桃新，脉脉无言几度春。
> 至竟息亡缘底事？可怜金谷坠楼人。

如果不了解春秋时代楚国称霸于南方的史实，读此诗便会如堕五里雾中。诗中的主人公桃花夫人，不但历史中确有其人，而且因为她还改写了部分侯国相争的历史。毛泽东主席于1958年路过信阳时，就对桃花夫人表示了赞誉。

若要全面了解桃花夫人在历史中的是非功过，首先要了解她的人生经历。

桃花夫人名叫妫桃。妫是姓，桃是名。她本是春秋时代陈国（今河南淮阳）国君的次女。生卒年代大概在公元前700年至公元前650年。妫桃生得十分美艳。中国公认的四大美女是西施、王昭君、貂蝉与杨玉环。古代没有照相术,我们无从知道这四大美女确切的长相与身姿。从白居易的《长恨歌》中,我们知道杨玉环"芙蓉如面柳如眉",这也只是一种形象的描述而非实证。形容四大美女的特点,也曾有一句话概括,叫"闭月羞花之貌,沉鱼落雁之容"。桃花夫人早于这四大美女,从简单的历史记载与传说来看,她的美艳不在四大美女之下,甚至还有超过。就因为她叫妫桃,所以当世就称她为桃花夫人。从此以后,桃花便成了中国美女的关键词,如"桃花颜色""艳若桃花"等。除此之外,形容男人有了红颜知己,叫"桃花运",形容女人红杏出墙,叫"命犯桃花"。后面两种似乎是贬义词,但这个贬义,也来自桃花夫人本身。

公元前 684 年,妫桃与姐姐同时出嫁,可见姐妹俩年龄相差不大。姐姐嫁给了蔡哀侯,妫桃嫁给了息侯。蔡国和息国,都是今河南境内的小国,但蔡国比息国要强大一些。那时候,周朝的中央政权已失去了控制力,各地诸侯国拥兵自保。侯国之间以结亲的方式形成同盟,亦是当时的惯例。前期的蔡国、后期的秦国,都是楚国结亲联姻的对象。若是从蔡国迎娶夫人,便称为蔡姬;若是从秦国迎娶夫人,则称为秦姬。

妫桃嫁到息国之后,便称为息妫。她的丈夫息侯是周文王第三十七个儿子羽达的后代。周天子姓姬,但他的儿子们分封到各地,都以封地为姓,羽达被封到息地,便称息侯。封号世袭，到妫桃的丈夫手上，也过了几十代人了。息国与陈、蔡、楚毗邻，但最小，属夹缝中生存。但息侯万万没有想到，娶了妫桃之后，不过四年，就发生了万劫不复的灭国悲剧。

却说新婚后的妫桃，依风俗必须省亲，回陈国看望父母。她回国必须经过蔡国。蔡侯接待她，见她如此美貌，便禁不住挑逗调戏。妫桃回到息国，便向丈夫诉说了蔡侯的无礼。息侯深爱娇妻，听罢不免怒火中烧，于是设计报复。他暗中联络强邻楚国的国君楚文王，密告蔡侯对楚有侮谩之心。于是，两国密谋灭蔡，按约定楚出兵佯为袭息。息与蔡有互保协议。蔡侯闻讯，派兵赶来相救。在息国都城之外，楚息两国军队夹击打败蔡军，并活捉了蔡侯。此为历史上的莘野之战。

被押到楚国都城的蔡侯，若不是大臣鬻拳冒死相救，早被楚文王杀掉以祭祖庙。从蔡侯口中，楚文王得知息蔡反目乃是因为息侯的夫人妫桃。经过再三考虑，楚文王释放了蔡侯，却把妫桃记在了心上。

楚文王熊赀，是楚武王的儿子。楚武王在位五十一年中，南征北战，开疆拓土。在他的统治下，楚国开始强大，楚文王虽不及楚武王的雄才大略，但也是一位勤政的守成之王。他借巡方之名，再次来到息国，其目的就是想看看息妫的真容。在隆重的接待宴会上，息侯应楚文王的要求，让夫人息妫出来给楚文王敬酒。

却说楚文王见到息妫的"桃花颜色"后，真可用"魂不守舍"四字来形容。楚国历来是出美人之地，不然，深山老林中不会走出艳惊天下的王昭君。楚国的王侯对于美女的鉴赏力也是一流的，否则，就没有"楚王好细腰，宫中多饿死"这样的诗句流传。在这样一种育美鉴美的大背景下的美艳，的确非同一般。

古今中外的强人，都希望将天下最好的资源攫为己有。美色从来都是君王最为倾心的上乘资源。楚文王下决心夺取息妫，息侯的悲剧可想而知。

据说楚文王在行帐中举行了答谢宴，在答谢宴上将赴宴的息侯当场擒拿，然后派兵冲进息侯宫中抢出息妫。可怜的息侯，因为夫人惨遭灭国，自己被流放到汝水之南，采食十家之邑，不久，就郁郁而死。息妫初被掳时，本想一死了之，但为了保全息侯性命，只得忍辱偷生。楚文王与她成亲，封她为楚夫人。因为她叫妫桃，故楚国百姓称她为"桃花夫人"。

楚文王虽然抢到了桃花夫人，并对她百般呵护，恩宠有加，但桃花夫人却始终对他冷淡。三年中，她在楚王宫中生下了两个儿子，长子熊囏，次子熊恽。可是，她却从未说过一句话。文王占据了她的身体，却没有赢得她的爱情，这一点让他非常不愉快。但他极有耐心，数年如一日疼爱着她。息妫虽然仍不说话，但也为楚文王始终不渝的真情所感动。一天，趁着稚子绕膝，桃花夫人心情略好时，文王问她为何不说话，她终于开口说道："身为一介妇人，前后竟事二夫。不能以死守节，又有何面目与人言语？"言毕怆然泪下。

楚文王于公元前689年登基，公元前677年死于进伐中原的潢川之战，在位十三年。他死后，长子熊艰继位，在位五年，被弟弟熊恽发动政变杀死。熊恽自立，号称成王。

关于这段史实，历史也有不同说法。通常的说法是，熊艰是息侯的遗腹子。这一点，文王在世时就有怀疑，但因他深爱着桃花夫人，故从不追究，视熊艰为己出。文王逝世，遗嘱将王位传给了熊艰。此时的桃花夫人，既出于对楚文王的怀念和感激，也出于对楚国的责任，协助熊恽从熊艰手中夺回了王位。

楚成王登基后，大有作为，执政风格很像他的祖父楚武王。而他的儿子，即桃花夫人的孙子，是楚国历史上最有作为的君主楚庄王。正因为这些关系，桃花夫人成为楚国最杰出的女性，也是最具争议的女性。

了解了这段历史后，再读杜牧的《题桃花夫人庙》，不难看出，诗人对桃花夫人的人生多有贬斥。他认为，息国的灭亡是由桃花夫人引起，但桃花夫人并没有为息侯殉节。诗中所言的"金谷坠楼人"，指的是西晋石崇的宠姬绿珠。大将军孙秀因慕绿珠之美艳，构祸于石崇。当孙秀的兵马冲进石府金谷园时，绿珠毫不犹豫地从楼头飞身一跃，坠地而死。杜牧以绿珠之壮烈殉命反衬桃花夫人的"苟且偷生"。诗虽婉转，但批判的锋芒何其锐利。

因为桃花夫人命运的传奇性与独特性，历代诗人多有吟咏，并产生了不少好诗，如宋之问、王维、刘长卿、胡曾、罗隐、徐照、袁枚等人的诗，莫不千秋怀怅，胸臆独抒。值得一提的是清初诗人邓汉仪，虽无盛名，但过桃花夫人庙时，步杜牧原韵写下的《题息夫人庙》，可谓同类题材中的上乘之作：

楚宫慵扫黛眉新，只自无言对暮春。
千古艰难惟一死，伤心岂独息夫人？

这首诗一改杜牧的批判态度，而是对桃花夫人充满了理解和同情。他认为在生不如死的历史转折关头，选择活下来更需要勇气。桃花夫人因为自己的美艳导致息国灭亡，在丈夫音讯全无的情况下，她选择活下来，以期有朝一日能与息侯重逢，以至三年不说一句话。后来，她因有两个儿子牵挂，母性的责任让她继续留在世上。从人类学的角度看，桃花夫人并没有可指责之处。但后代诗人一再拿她说事儿，乃是因为多灾多难的中国历史中，给国人创造的各种各样的坎坷太多太多。经过桃花夫人庙，难免借题发挥，感慨唏嘘一番。

"淮河文化丛书"总序

一

古往今来，研究与探寻山脉水系的文章与著作，不胜枚举。我因有历史与地理两方面的爱好，对祖国的大好河山，颇为钟情。发乎为文，虽不能像徐霞客一样，足履所及，如探骊珠，更不能像《山海经》那样自成体例，考略具详，但每到一处，仍不免检点史籍，于风俗、于形势略做探讨。

今年春天，我应淮滨县领导的邀请，前往该县考察淮河古渡及中国最古老的水利工程期思陂的故址。同时也参观了县城新建的旅游景点淮河风情园及淮河博物馆，对该县不遗余力地打造淮河文化的举措印象深刻。金秋十月，我又应邀来到淮滨，参加在此隆重举办的首届淮河文化节。淮河沿线的所有县市代表以及从事淮河研究的各类专家学者都聚集在淮滨的青龙古镇。其盛况至今仍令人怀想。

稍后不久，淮滨县又组织专家学者写作出版"淮河文化丛书"，邀请我为丛书写一篇序言。虽然，我对淮河认识肤浅，但盛情难却，只好勉为其难，做一点表白。

二

淮河古称淮水，是我国七大江河之一，古代被誉为"四渎之尊"。它发源于桐柏山，流经河南、安徽、江苏三省，在三江营汇入长江，全长一千多公里。明朝人谢肇淛的《五杂组·地部》曰："淮者，汇也。四渎之尊，淮居一焉。淮之视江、河、汉，大小悬绝，而与之并列者，以其界南北而别江、河也。"《晏子春秋》载："橘生淮南则为橘，生于淮北则为枳，……水土异也。"淮河居于黄河、长江之中，其自然和文化地理的分界线作用早已被我们的祖先所认知。古代文明依河流而兴，并沿河流而扩散。淮河流域特殊的大地构造、地理环境等方面的优越地位，促使其在中国南北文化的碰撞、交流、融合等方面发挥着独特的作用。淮河，自然也就成为中华文明的核心地带，成为中国南北文化转换的轴心。它不仅是中华文明的发祥地，而且有着自成一体的区域性的文化特征。

《尚书·禹贡》载："导淮自桐柏，东会于泗沂，东入于海。"古代的淮河在江苏盱眙以下，与来自北部的沂水、泗水汇合，经淮阴、涟水到云梯关外入海，是一条独流入海的河道。据北魏郦道元《水经注·淮水》所记当时淮河流经的地区是：东经江夏平春县（今信阳市区西北）北、新息县（今息县西南）、期思（今淮滨县东南）北；又东过原鹿（今阜南县）、安丰（今霍邱县）东北；又东经寿春（今寿县）西北，当涂（今怀远县东南）、钟离（今凤阳县东北）二县北；又东经徐县（今泗洪县南）南；又东经盱眙（今泗洪县东南）县故城南；又东过淮阴（今属江苏）北；又东至广陵淮浦（今涟水县）入于海。至少可以说明北魏时，淮河仍然是独流入海的。而当时淮河最大的支流泗水向北一直延伸到今天的山东中部。孔子、孟子的故乡，即今天的山东曲阜、邹城一带，在那时也属于淮河支流的泗水流域。

三

淮河流域有着悠久的文明和丰富的文化遗存。相传"盘古开天地，血为淮渎"。早在旧石器时代，淮河流域就是人类生息繁衍的肥沃之乡。南召猿人、沂源猿人、和县猿人就生活在这一流域。中华文明形成时期的第一个王朝——夏朝的建立者，是大禹的儿子启。而大禹治水活动的主要区域就在淮河。这里留下了很多与大禹有关的故事，诸如"大禹锁蛟""娶涂山氏女""涂山之会"等。灭亡夏朝的商族也兴起于淮河流域,商汤灭夏前,其都城在南亳,即今天商丘市东南的谷熟镇。周朝建立,虽然政治经济中心转移到了秦岭以北的关中,但是淮河流域的部族集团仍然是周王朝不可忽视的政治力量。春秋时期楚文化不断渗透,吴越文化也不断西拓,从而使得淮河流域经济得到了迅速发展。又由于北方中原文化、齐鲁文化在这一区域内交汇、纠结、融合,所以这一时期的淮河流域文化也相当发达,管子、老子、孔子、孟子、庄子、墨子等中国古代大思想家都生于斯,长于斯,歌哭于斯。

自秦汉以降,淮河流域的发展更是进入了一个崭新的时期,刘邦、曹操父子、朱元璋等不仅建立了王朝,而且还构建出以他们为中心的政治集团、文化集团、社会集团,这些集团自然会影响当朝,传播后世。由于他们的家都在淮河岸边,所以淮河两岸就遗留下非常丰富的关于他们的故事和传说。

基于此,我们可以说淮河是一条历史之河,淮河更是一条文化之河。

四

研究淮河流域的历史文化,对于总结历史经验,继承流域文化遗产,丰富当下精神文明的内涵,从而为今天淮河流域社会、政治、经济、文化的可持续发展提供借鉴，有着特别重要的意义。

淮滨县领导组织专家学者编写出版"淮河文化丛书"，是一个以史为鉴，壮大文化软实力的善举。此前，信阳市委研究淮滨县域经济的发展，就提出了"让淮河文化铸就淮滨"这一发展战略。可以说，这套丛书是闻风而动，应运而生。"丛书"第一辑共三册，其中《淮河风情》共四十一篇文章，按照淮河由西向东的流向，从历史文化的角度，以淮河区域历史文化遗存、风俗民情、历史人物及民间艺术为主要叙写对象，展示淮河文化的特殊魅力；《淮河之子》则以楚国令尹孙叔敖生平事迹为叙写对象，通过诸多有关的历史事件勾勒出孙叔敖勤政廉政的形象和为国为民、持廉至死的高尚品德；《淮河明珠》则集中展现淮滨县历史文化风貌，尤其是改革开放和近年来淮滨县的发展变化情况。这三本书图文并茂，既有淮河流域文化的记录，又有淮滨地方风貌的展示，集知识性、可读性、趣味性于一身，重在彰显淮滨文化区域性特征，读之能窥探出灿烂的淮河文化之一斑，领略淮河文化的大智慧、大魅力。可以期待它的出版必定为淮河文化的研究注入新的活力，增添新的风景。

同时还可以期待，"让淮河文化铸就淮滨"的命题必将能够推动淮滨县域经济、政治、文化、社会的大发展、大繁荣。同时，我也希望淮滨县聚集更多人才编辑出版第二辑、第三辑……为淮河文化研究搭建平台，提供更多可资借鉴的文本。

是为序。

闲话清明

2008 年，清明被定为国家的法定假日，这是顺应民心的善举，亦是对传统民俗的肯定。

中国的传统节日中，除春节、元宵、端午、中秋外，尚有清明与重阳。俗话说，有节必有俗。千百年来，这些节日已被赋予特定的习俗。如春节是送旧迎新、亲人团聚，元宵看灯，端午划龙船，中秋赏月，重阳登高敬老，等等。而清明，在老百姓心中，是一个祭奠先人、踏青扫墓的日子。

清明节大约始于周代，已有两千五百多年的历史。中国的二十四节气中，清明为春季的第五个节气。其时，北方万物昭苏，江南草木欣欣，凛冽的北风换成了温暖的东南风，湿润的地气融化了萧瑟。单从气候上看，清明的确是个生机勃发的好日子。

但国人赋予清明节的第一要义，不是赏春而是扫墓。

世界上各个国家、各个民族中，唯有中国汉民族设立一个节日祭奠先人。清明扫墓的风俗，汉代已有，但大盛于唐代。清明节与寒食节日期相近，从唐代开始逐渐融为一体。《通典》记载："寒食上墓，礼经无文，近代相传，浸以成俗，士庶有不合庙享，何以用展孝思？宜许上墓，同拜扫礼，……仍编入五礼，永为恒式。"由此可见，在唐代，无论是官员还是庶民，都要出城扫墓祭祖。

历代诗人，为清明扫墓，留下过不少脍炙人口的好诗。如：

> 耕夫召募逐楼船，春草青青万顷田。
> 试上吴门窥郡郭，清明几处有新烟？
>   ——〔唐〕张继《阊门即事》

> 佳节清明桃李笑，野田荒冢只生愁。
> 雷惊天地龙蛇蛰，雨足郊原草木柔。
>   ——〔宋〕黄庭坚《清明》

> 满衣血泪与尘埃，乱后还乡亦可哀。
> 风雨梨花寒食过，几家坟上子孙来？
>   ——〔明〕高启《送陈秀才还沙上省墓》

三位诗人，或在顺世，或在乱世，但到了清明这一天，都不忘祭扫先人墓庐。大凡缅怀与追思，都会令人忧伤。
所以，每临清明，国人都不免情绪惆怅。杜牧的《清明》
一诗，大约是这种情绪最传神的表现。

    清明时节雨纷纷，路上行人欲断魂。
    借问酒家何处有，牧童遥指杏花村。

  儿时读这首诗，便很害怕清明节下雨，因为这时节的
雨，淅淅沥沥，冷冷清清，真叫人忧思不绝如缕。这时候
不思念先人，便觉得无事可做了。
  但以后读到另一类写清明的诗，又感到清明也可以很
欢快。如：

    春城无处不飞花，寒食东风御柳斜。
    日暮汉宫传蜡烛，轻烟散入五侯家。
        ——〔唐〕韩翃《寒食》

    梨花风起正清明，游子寻春半出城。
    日暮笙歌收拾去，万株杨柳属流莺。
      ——〔宋〕吴惟信《苏堤清明即事》

  这两首诗都写得很优雅，也渗透了富贵。可见，古时
的达贵官人，虽然也扫墓，但更热衷于踏青。这么做，倒

有不负春光的感觉。但因为清明这一个节日，主要的内容是祭奠，所以，如果过于欢乐，反倒觉得有悖于清明的意义了。毕竟，一年三百六十日，哪一天都可以欢乐，不妨留下清明这一天给忧伤、给怀思、给故去的亲人与先贤。

到明朝去看风景

　　我曾写过一本明史札记《看了明朝不明白》，与著名明史专家王春瑜先生撰写的《看了明朝就明白》一起，于2006年交由广东人民出版社印行。单看书名，会以为我故意和王先生抬杠，其实不然。我与王先生是忘年交，数年来向他请益颇多。两个书名闹别扭，原出于我俩的一次笑谈。明朝集封建王朝之大成，读其史籍，研判人事，常常会感到明白中有不明白之处，不明白时又会突然明白。明白与不明白，乃因人而异，因事而异。

　　自写了这本札记之后，各路文友及读者给予颇多鼓励。承蒙《人民文学》与《美文》两杂志的执事者，不吝版面邀请我开专栏续写明史札记，一年下来，又有了十几万字。感谢中华书局及刘树林女士的鼓励，又辑为一册付梓。

　　我自写作长篇历史小说《张居正》以来，一直对明史抱有浓厚的兴趣。我是一个喜欢旅游的人。我曾对人讲，我的旅游分两部分，一是在大地上旅游，二是在历史中旅游。有的地方游了一次就不想去，有的地方却常去常新。明朝便是我历史旅游的目的地，只要有机会，我就会收拾思想的行囊，到明朝去看风景。

大凡称得上风景区的地方，若非藏有奇山异水，肯定就有名胜古迹。明朝这个风景区里藏有什么呢？它没有汉朝的剑气横溢，也没有唐朝的雍容大度。在它的英雄谱系里，没有荆轲、霍去病、岳飞这样的铮铮铁汉；在它的文苑中，也没有屈原、李白、苏东坡这样雄视千古的俊杰。简单地说，明朝的土壤，产生不了一流的侠士与文人。也就是说，它的人文风景中没有奇山异水。但我们仍可以说明朝的风景大有看头，因为明朝的社会形态与政治形态都是中国历史中独一无二的范本。

明朝开国皇帝朱元璋是一个缺乏想象力的人，他的出身与经历使他醉心于田园牧歌式的生活，他呆板与多疑的性格使他注重伦理而厌恶卓尔不群的人。皇帝的好恶决定了帝国的发展方向。明朝的制度适宜于循规蹈矩的人。长此以往，庙堂中多保守卑琐之士，民间多怯懦狷介之人。若遇上较强的皇帝，这样的制度倒也可以保全帝国的安宁。遗憾的是，明朝的皇帝一代不如一代。他们对自己的掌控能力缺乏自信，因此不得不借助于非正常的手段来管理朝廷，这样就导致特务政治的横行。

庙堂多奸佞，民间则多宵小之徒；君王好灵异，民间则多方士妖术；显宦爱金钱，朝廷则多敛财贿赂之徒。明朝中叶之后的社会众生相，实在是光怪陆离，乱象丛生。

纵观历史，可以说，小人永远是君子的克星。小人在朝则必定贤人在野，若贤人在朝，则必遭群小暗算而死无葬身之地。徜徉于明朝，君子的悲剧比比皆是。就我看来，悲剧最盛者，莫过于方孝孺、于谦、杨涟、袁崇焕四人。张居正的悲剧虽然触目惊心，但毕竟是祸发身后，他本人已无从知晓。这四个人不一样，他们都是含冤而死，且都死得极为惨烈。我写过的明朝人物，诸如杨慎、王阳明、李贽等等，凡为后世所推崇者，几乎也全是以悲剧收场。

如果某一朝代的精英人物，都只能在悲剧中让后人怀想，则这个朝代满布黑暗。它所有的人文风景，亦只能在血腥与残暴中展现。

我喜欢到明朝去看风景，但我并不是欣赏其风景。每一朝的执政者，都在建造自己的人文风景，孰优孰劣，当世之人虽然语焉不详，但后人评说便无所顾忌了。无所顾忌并不等于不负责任地滥加批评，而是应该以一个历史学者的清醒和人文精神建设者的责任，为我们当下国人文化复兴的伟大理想，提供一面历史的镜子。

关于故宫学

日前，故宫博物院举行了首届紫禁城文化论坛，邀请了铁凝、冯骥才、李学勤、刘梦溪、阎崇年和我参加。在会上，故宫博物院院长郑欣淼先生提出了设立"故宫学"的倡议，引起了与会者的热烈讨论。冯骥才先生首先表示赞同。冯先生既是著名作家，又是造诣颇深的画家，多年来一直致力于民间艺术的保护。今年，在江南某市的一次拍卖会上，他将自己画作拍卖所得的四百多万元全部捐献给了民间艺术保护基金会。这种无私的奉献，在作家中似乎不曾多见。他将故宫学与敦煌学两者做了一番比较，认为故宫学的提法并非文化上的"大跃进"，而是有着内在的令人信服的支撑点。冯先生曾担任中央电视台制作的大型艺术专题片《人类的敦煌》的撰稿人，对敦煌可谓情有独钟。他认为，故宫学与敦煌学一样，都具有深不见底和横无际涯的特点。

　　我赞同冯先生的观点。我认为，某一种文化能成为学科，必备四个特点：一、它是独特的，又是丰富的；二、它有自己的源流，又有发展的脉络；三、它是创造性的，又是多元的；四、在人类文化史上，它是唯一的，不可替代的。从这四点来看，故宫全都符合。毋庸讳言，故宫学的主干应该是皇家文化，除了政治层面上的东西，它还涵盖了建筑、园林、服饰、饮食、珍宝、书画、家具、雕塑、宗教、音乐等多个领域。

　　中华文明作为一个巨大的母文化，之所以灿烂辉煌，是因为它具有一种又一种的诸如敦煌学、故宫学这样的子文化来支撑它。自公元 11 世纪大辽国在北京建立首都（辽有五京制度，当时的北京被称为南京）以来，历经金、元、明、清等多个朝代，近一千年历史。数十位皇帝在此居住并号令天下。所以由金之中都，元之大都，明、清紫禁城构成的故宫文化，不仅是汉文化的集大成者，亦是契丹、女真、蒙古、满族等多个少数民族文化的集中体现。

　　历代皇室，是文化的创造者，亦是文化的提倡者，更是中华灿烂文化最大的品享者与消费者。走进故宫，你会看到，中国古代最精美的建筑在这里，最雅致的书画在这里，巧夺天工的佛像在这里，流光溢彩的珠宝在这里。这里的每一个角落，每一段历史，都昭示着独一无二的物质的以及非物质的文化遗产。在它雕梁画栋的每一处宫殿，都发生过影响中国历史进程的重大事件；

在它重门深禁的每一间房子里，都演绎过常人无法体验的爱恨情仇。深入到故宫，走在它的每一条砖径上，走进它的每一重院门，仿佛都是在穿过时空隧道，既窥探古时的王者之尊，又品味数千年的艺术之美……

当故宫的执事者带我们参观尚未对外开放的位于紫禁城西北角的雨花阁时，我惊讶莫名。这是乾隆皇帝为自己建造的一所藏秘风格的佛堂，小小的四层楼阁，其佛坛佛像之美，让你无法表述。执事者介绍说，这所佛堂自建成之后，所有的佛像法器均未动过，皇帝们敬献的哈达、上供的干果，甚至龛座上的微尘，都是几百年前的旧物。冯骥才看过之后，感慨地说："太好了，太好了，这里永远都别开放了，就这么保存着。"

我对冯先生说："中年之后，我忽然感到保守也是一种美德。"冯先生说："你说得对，保守既是保卫，也是守护。"我俩谈的是文化问题。我们保卫的当然不是历代皇帝的奢侈与腐朽，而是他们借助统治的权力而保存下来的琳琅满目的艺术瑰宝；我们守护的也不是故宫中已经翻过去的那些专制制度下血腥的历史，而是中华民族创造灿烂文化的匠心和智慧。

春节的怀想

　　我一向认为，最能体现中国传统文化的地方，不是在大城市，也不是在乡村，而是在小城镇。大城市中标新立异的人多，领风气之先，因此很难固守传统。而乡村过于散漫，有传统却又缺少文化。小城镇则不一样，它是散漫的乡村的结晶，里头住着地方上的儒雅之士，他们很少受到欧风美雨的侵蚀，因而能将传统的生活方式赋予温馨的诗情画意。如果在中国传统的端午、中秋、春节这三大节日里，你置身在某个小城镇中，就能体会到纯正的中国味儿。

　　我的童年与少年，便是在这样一个小镇上度过的。几十年时间过去了，故乡小镇里逶迤的城墙，敷着炊烟的苍黑的瓦脊，以及在鹅卵石的街面上舒展着四肢晒太阳的小狗，像一幅幅的水墨，在我记忆中拂之不去。这里头最让我难以忘怀的，莫过于春节。

　　小镇上的春节，热热闹闹，差不多有一个多月。前半个月是忙着办年货。一过除夕，直到元宵，便是过节了。小镇上平常人不多，街面上通常冷清，但一进腊月，四乡的人都涌到镇上来打年货或卖土特产。长途班车也一天增加好几趟。许多奔波在外的游子都赶回来与家人团聚。喜欢热闹是孩子的天性。每天，我都会在人群中嬉窜，到处看稀奇，看那些陌生的面孔上洋溢的微笑。所以说，每年的春节，是我最兴奋的日子。

　　现在回想起来，儿时的兴奋，除了看热闹，还有一个重要的原因，就是可以穿新衣服，可以吃肉，可以放鞭炮。这三样，在今天看起来，是家常便饭，最简单不过的事，但在几十年前，对于一个手工业家庭的孩子来说，却是蓄积一年的渴望。

　　春节最主要的内容，应该是除夕的团年饭。在我的故乡，都选择早晨吃团年饭。头天晚上，我们都睡了，唯有母亲一人在灶间忙碌，煎炸蒸煮。在我的记忆里，她总是忙一个通宵。第二天清晨，往往天还没亮，她就把我们喊起来吃年饭，为的是"越吃越亮"，讨个吉利。现在，城里的团年饭都在宾馆、酒楼中吃，而在乡村，也很少有天不亮就吃饭的人家了。

　　记得在母亲做团年饭的夜晚，我总是不想上床睡觉，而是无比兴奋地赖在灶间。闻到各种食物的香味，我馋得直吞口水。母亲当然知道我的小心思，她笑着将炸好的鱼块、肉丸塞几个到我的嘴里，然后催我上床睡觉。她这么做自有她的道理，因为第二天是除夕，按习俗，除夕夜要守岁，她怕我头天晚上熬了夜，除夕夜就不能坐到天亮了。

我年轻时写过一首诗，写到除夕夜守岁的感受。有这样一句："卸下一年的疲劳，一家人围炉向火，童话里的鲜花在笑声中绽放。"这实在是奇妙而欢乐的感受。但是，自从中央电视台的春节联欢晚会开播后，这种亲情团聚闲话古今的习俗，便渐渐淡出了我们的生活。娱乐型的社会让人生活得轻松，但也让人感觉到感官的享受大于真情的流露。

几十年的光阴风过、雨过、惆怅过、欢乐过。不管平时生命的状态如何，每逢过年，心中便多了一份期待。近年来，我们总是说要过一个祥和的春节。其实，祥和是每一个中国人的期待。我个人认为，祥和既是家庭的，也是社会的；既是城市的，也是乡村的；既是族群的，也是自然的；既是时代的，也是历史的；既是精神的，也是物质的；既是朴实的，也是优雅的。可以说，真正的祥和在历史中并不多见。唯其稀缺，它才会成为我们追求的目标。

在我的童年，我感到春节的气氛是祥和的。尽管日子过得磕磕巴巴的，但浓得化不开的亲情可以弥补生活的艰难。一家人团年，更是亲情中的亲情、传统中的传统。近十几年来，人口的流动性急骤增大，一家人围炉向火的温馨对很多人来说，已是可想而不可即的奢望了。而我，自从离开故乡的小镇之后，也很难从容不迫地过上一个与父老乡邻欢笑团聚的春节了。不是不想，而是快节奏的生活让我身不由己。尽管心里头不止一次吟诵过"归去来兮"，但事实上，我渴望的亲情，看似伸手可及，却又抓不住它。

正月初一这一天

今天是正月初一，持续了半个月的阴阴沉沉、时雨时雪的天气，仍没有一点放晴的意思。我们这地方过年的习俗，正月初一是不出门的。一家人聚在一起，围炉向火，卸下一年的劳累与烦恼，享受浮生中这一天的天伦之乐，不能说不是一种难得的乐趣。当了十几年专业作家的我，多少日子，多少朋友，来往间都透露着淡泊闲静的消息。所以，我之享受天伦之乐，就不仅仅局限于正月初一了。近几年，这情况有了改变。本是栖隐有份，进取无缘的我，在朋友的怂恿下下海经商了。原来想浅尝辄止，在商海里泡一泡就上岸的，谁知道两三年一过，倒应了"人在江湖，身不由己"这句话，在商海里越游越远。在旁人看来，我是乐不思蜀了，然而个中苦衷，只有我自己清楚。当了一年商人后，我曾哼出这么四句：

投身商海作遨游，又赚钱来又赚愁。

一个天生诗佛子，从来故意失荆州。

　　我虽然已熟悉了商人的生活，但感到自己本质上仍是一个诗人。就像这个正月初一，虽然人们注重一家团年，但不安分的商人仍会四处活动，给那些能在新的一年里为自己带来利益的人拜年。而我这个商人，却仍守着过年的传统，安安静静地与家里人待在一起，过一个其情也殷、其乐也融的春节。

　　且看正月初一，我是怎么度过的：上午九时起床，吃早饭。而后我的老母亲在厨房里准备午餐，我与妻、儿子一起在客厅里唱卡拉OK，我唱了日本民歌《北国之春》。一小时后，妻与子开始看影碟《野鹅敢死队》，我则回到书房，阅读《云南鸡足山志》。不觉三个小时过去了。吃过午饭，躺在沙发椅上，眯了一阵子，又接着读书。到了下午四时，母亲尚在午睡，妻躺在床上，看我前几日写的散文《问花笑谁》，儿子看他喜欢的影碟科幻片《星球大战》。读了半日鸡足山的我，便决定开车到东湖边上兜兜风了。

　　武汉暴冷暴热，气候起伏太大，不是理想的居住地，但是，武汉的一座东湖，却又是中国城市中最美的风景之一。我的家在东湖边上，所以我常说，我是住在最不理想的城市里的最好的地方。

　　今年的立春日在腊月二十七，虽然过了四天了，这薄暮中的东湖，仍横陈着一片冬意。我开车经过梨园的大门，拐过楚人狂欢岛，而后驰上从九女墩至磨山的十里长堤。这条堤把东湖隔成了内湖与外湖。湖心亭前的二十三孔桥，是沟通两湖的水道。这道状如彩虹卧波的汉白玉长桥，实在是欣赏东湖景致最好的地方。我每次来东湖兜风，必定会在桥头上停下车来，站立桥上，把四周的景色，看它一饱。

现在我又站在这道桥上。由于交通不便，平日这条长堤上的车辆与行人就不多，今天越发是清旷无人了。偶尔过去一辆出租车，速度比起市区来不知又快了多少。毕竟，开出租车的司机心中所想的只是挣钱而已。

欲雨未雨的时辰，欲雪未雪的天气，欲暮未暮的下午四点半钟，我独自一人，站在这孤独的桥上，的确产生了大地苍茫，我复何为的感觉。

灰，是眼前景色的基调。前方是磨山丛丛簇簇的树林，往日的青翠枝柯，仿佛都化成了千缠万绕的炳缕，把一座金碧辉煌的楚望台烘托成一座似幻还真的海市蜃楼。桥左的内湖，梨园景区的草洲柳岸，听涛景区的参差台阁，都被朦朦胧胧的灰，炙出了三分醉意，显出那种百事不关心的瞌睡劲儿。至于桥右的外湖，阴阴昏昏，岸也罢，水也罢，都是遥不可测的不落一星尘埃的灰。

若有人问我，宁静的外在形式是什么，我必回答一个"灰"字。红为热烈，绿为雄壮，白为雅洁，而灰所蕴含的则是至深至浓的宁静了。

"漠漠水田飞白鹭"，是江南乍暖还寒时节的渗透了生命律动的灰色；"晚来天欲雪，能饮一杯无"，是那种曾经春花秋月过，而今只想在平淡的灰色中咀嚼一下生命底蕴的闲人。大凡人们进行哲理性的思考，便离不开这灰色的自然景色。只有置身在自然的灰色中，人们才能获得宁静后的欢愉，一颗疲乏的心，也才能得到真正的调治。这是因为自然的灰色中，蕴含着生机盎然的禅意。

在今年的正月初一，我在这二十三孔桥上，又品尝到了一番灰色的东湖景致，实在是一种难得的福气。我认为，自然、风景、文化、宗教与亲情，一起构成了支持我们生命的内在系统。现代生活的种种表现，并不是在完善而是在破坏这个系统，导致许许多多的人，一天到晚躁若猕猴，迷不知终其所止。我不能说这是他们在自寻烦恼，因为大多数人的奔波劳碌是身不由己的。但也不可否认，这世间仍有一些人，唯恐名利的枷锁套得不牢，为了那所谓的功成名就，而让自己生命的弦始终绷得紧紧的，哪怕是春节也不放松。这真是莫大的悲哀。听说近年来每年的春节，许多日本游人渡过沧海，跑到苏州城外的寒山寺，为的是能够听到除夕夜新旧交替的钟声。这样的日本人，绝不是一般的旅游者。他们过惯了灯红酒绿的现代生活，一颗心被折磨得疲惫不堪。他们想以寒山寺的悠悠钟声来洗涤自己的忧愁。他们或许还有一个期望，就是透过寺院的暮鼓晨钟，找到隐藏在风雪深处的精神故乡。

武汉文化的联想

　　对武汉这个城市，我的感情很复杂。我在武汉的生活时间超过了我在故乡的生活时间，从这一点讲，武汉是我的第二故乡。但这座地处九省通衢的特大城市，一直都让我感到陌生。这种陌生不是语言，不是生活习惯，亦不是表达感情的方式，而是一种文化的隔膜。近年来，也有不少人试图概括武汉的特征，比较集中的观点是说"武汉是一座市民化的城市"。我个人理解，这种评价含有贬义。因为市民化的生活，让我想到了散漫、杂乱，关注身边的鸡零狗碎而欠缺长远的目光。但这样一些现象，似乎不足以确证武汉的文化身份。若果真如此，为什么清朝末年张之洞督鄂时领导的改革，能够在武汉轰轰烈烈地开展并影响全国呢？兹后，又为什么偏偏是在武汉而不是在北京、上海或中国的其他任何一个地方打响推翻清朝帝制的第一枪呢？如果是一群没有理想的市民，能做出这样惊天动地的开创史诗的事功吗？

　　武汉的确有俗的一面。比如餐厅的名字，在上海，所有的餐厅取名都很洋气，而成都的都很雅，但在武汉，类似于"王胖子火锅""李矮子甲鱼"这样的店名不在少数，可谓俗到极致。以俗为时尚，是武汉城市文化的特征之一。

　　作为武汉人，我有时候很自豪，有时候又很沮丧。我的朋友，山西作家赵瑜不止一次说他喜欢武汉，他说从飞机的舷窗里俯瞰这座城市，山环水绕，云蒸霞蔚。武汉不只有大格局，还有大气象。日前，我去西安，《白鹿原》的作者陈忠实先生又与我谈起武汉，他对武汉下的赞语是："这座城市很特别，既有南方的柔媚，又有北方的粗犷，南北交汇，东西对接，什么地方的人都能在这里找到适合自己的地方。"每每听到这样的话，我就自豪。但是，在我的另一部分朋友，即商界人士中，对武汉的评价则与文人迥然相异。有一次，两位潮州商人与我在欧洲相遇，同在异乡，两位仁兄对我非常热情，但是，当他们得知我是武汉人，立刻就和我疏远了。我百思不得其解，询其因，其中一位潮州人气愤地告诉我："我这辈子经商，唯独两次上当受骗，都是栽在武汉人手上，因此发誓再不跟武汉人交往。"不少商界朋友对我说："武汉的地域条件这么好，商业土壤却并不令人满意。"这样一些评价使我沮丧。这也就是让我对武汉这座城市感到既亲切又陌生的原因。

　　文学与商业，是两个截然不同的领域。作家与商人，从自身的感悟或经验出发，对武汉的看法如此对立，这件事不能不引起我的思考。

前面说过，我与武汉多少有一点文化的隔膜，说起来也属正常。多少年来，我一直崇尚精英文化，而武汉这座城市，似乎有一种天生的蔑视权威的传统，这应该是楚人的传统。李白的诗"我本楚狂人，凤歌笑孔丘"，第一个嘲笑孔子的人，是楚人；第一个发出"王侯将相，宁有种乎"的，也是楚人；第一个豪迈地唱出"俱往矣，数风流人物，还看今朝"的人，还是楚人。有这种心态，人便不存敬畏。这种狂人文化的胎记，数千年来代代相续。武汉作为今日楚文化的中心地，表现出这个文化特征，也不足为奇。

人类的历史，概括起来只有两个字：一是"破"，二是"立"。不存敬畏的人，方能做下"破"的事功；常存大悲心的人，方能下足功夫做"立"的事业。破与立，即毁灭与创造。在社会的转折期，不存敬畏的人，方为真英雄；在社会的建设期，涵养大悲心的人，才是伟男儿。破与立既是不同的事功，当然也就有着不同的游戏规则。若混淆规则，则该破的破不了，该立的也立不起来。

从历史上看，每逢历史转折期，武汉便能闪射出特别的光辉。这是因为楚人深谙"破"的法则。"破"字当头的人，是天才，追求的事业境界是"惊天地，泣鬼神"；"立"字当头的人，是人才，孜孜追求敬天法祖，建立社会的和谐秩序与富庶的时代生活。天才是神龙不见首尾，偶有则可,太多则乱;人才是社会进步的发动机,多多益善。

借题发挥说破与立,似乎跑题了。但我是因武汉而生发以上联想的,这联想实与武汉存在精神上的联系。由此我想到,我的作家朋友们喜欢武汉,乃是因为文学的上乘是在"破"字上下功夫。而商业则不同,健康发达的商业文化,只能是"立"字当头。摇钱树不可能在电闪雷鸣、雨狂风骤的环境中茁壮成长。

可喜的是,"破"字当头的武汉人,在持续改革的中国,在民族振兴的盛世,已生出了浇灌现代文明之花的大悲心。

九头鸟杂谈

　　"天上九头鸟，地下湖北佬"这句话，流传既久，传播亦甚广。无论在任何地方，只要一打出九头鸟的标识，大家便知道这是湖北人。完全可以说，九头鸟已成为湖北人的代名词。

　　九头鸟之于湖北人，究竟是褒是贬，争论甚多，莫衷一是。北京曾开了一家专营湖北菜的餐厅，叫九头鸟酒楼，一时间食客如云，后来还开了若干家分店。由此可见，北京人从吃的角度，不但不排除九头鸟，反而是欣赏的。也有人说，一鸟九头，谁也不服谁。以此喻湖北人，反映了湖北人的好斗，缺乏团队精神。还有人说，湖北人太精明了，人家一个脑袋想事，他有九个脑袋，所以，凡与人打交道，首先便有了防范意识。常言道大智若愚，你却在脸上写满聪明，为避免吃亏，人家只好回避了。

　　多少年来，湖北人一直想为九头鸟正名，欲告知天下：

九头鸟是吉祥鸟，是凤的演变，是楚文化的代表。一些学问笃实的专家，为此也做了大量有理有据的考证。窃以为，这些考证固然重要，但毕竟是在学问层面上，并不能改变国人的惯常思维。若借助各类媒体大做赞颂文章，只是治标，若需治本，恐怕还得从每一个湖北人的行为规范做起。

远古之楚人，尚武而轻文。这风气越数千年而不变。若放在动荡年代，这性格倒可造就一批强势人物，但在和平环境下，在建设时期，这性格便有点不合时宜了。尚武便好斗，好斗便产生破坏性。常言道："将打就没有好拳，将骂就没有好言。"道的就是好斗者不会宽容，更缺乏敬畏，而宽容与敬畏，恰恰是社会成熟的表现。

楚人之强悍、之精明，都应该是创业的优良品质，但若强悍过分，精明过头，便又变成缺点了。攘攘人间，攻击性太强的人总会让人退避三舍，温文尔雅者总会让人亲近。我想，世人以九头鸟喻湖北人，是不是有那种既赞赏其精明又害怕其强悍的心态呢？

既然要开展九头鸟的讨论，就证明九头鸟的好坏存有歧义。褒者津津乐道，贬者振振有词。我认为这种空洞的争论，即便再进行一千年，也不会有什么结果。但是，若是我们湖北人从自身做起，减一点武气添一点文气，少一点强悍多一点敬畏，鄂人之精神气象便会大大改观。到那时，对九头鸟持贬低态度的人，亦会改变看法。此情之下，兴许彼时的小学生语文课本里头，会有某位作家写的一篇优美的散文，名曰"九头鸟是一只吉祥的鸟"。

"晃晃"是新人类

　　杂文家李更写过一句诗："中国出了个晃晃叫李更"。他的用意在调侃自己。李更籍贯辽宁，但他本人却是土生土长的武汉人。他称自己为"晃晃"，不是武汉人，恐怕很难理解这个词的妙处。

　　武汉地处九省通衢，水陆杂陈，百味兼容，南风北气，于此际会。乱世时为兵战之地，顺世时乃商会之都。兵商两道，都是胜者为王。因此，该城的人士，崇尚"打码头"，即便是谦谦君子，也带三分剽悍。若不如此，一百年前的辛亥革命第一枪，断不会在武昌城中打响，而汉口也不会获得中国古代四大商镇之一的美誉。

　　战争与商业两种文化培植的武汉，养出了这个城市的人民特殊的性格和万变不离其宗的文化价值观。单从语言方面，即可看出大端。武汉人说话的腔调，与四川话相似，常用的词汇，以幽默居多。四川人也幽默，但武汉人的幽默与之相比，有同有异。相同的是都有机智诙谐；不同的是，四川人的幽默掺有滑稽，武汉人的幽默掺着调侃。

随着时代的发展与生活的演变，武汉的方言也总是处在变化之中。时下的方言，有两个词最能代表武汉人的表述方式，一是"闹眼子"，一是"晃晃"。

"闹眼子"既有恶作剧的意思，也有光说不干的意思。如说某人正在筹备做某件事，旁人听了评价说："你信他？他是闹眼子的。"再如某人将某事做成，有人便评价："他本来是闹眼子的，没想到搞成了。"通过举例，便知"闹眼子"的底蕴。

再说"晃晃"。

比之"闹眼子"，"晃晃"这个词蕴含的意思更多。还是举例说明：

"这个人一件事也做不成，是个晃晃。"

"虽说他是个晃晃，手上随么事都有得。不到几年工夫，车子、房子、票子都晃到手上来了。"

"晃晃"是武汉的新方言，诞生至今超不过十年，但流传极广。武汉方言的特点，一是正话反说，二是净话脏说，三是庄话谐说。比如说"闹眼子"，本是贬义，但有时也带有褒义。至于"晃晃"，它之诞生，肯定是讥刺，但演变到后来，却也是亦褒亦贬，贬中藏褒，在嗤之以鼻的同时又赞赏有加。

细究起来，"晃晃"一词的诞生，间接反映了在改革开放大潮中武汉的新世态。新中国成立后，武汉在国家的产业布局中一直处于显著的地位，城市居民的收入也在全国大城市中处于第一方阵。武汉的居民，幼有所托，老有所养，人各有职，没有衣食之忧。可是，在改革开放之后，中国的经济发生了翻天覆地的变化，八仙过海，各显神通，各个地区各个行业都在重新排座次，社会的各个层面也在重新洗牌。此情之下，一向处在优越地位的武汉人忽然发觉自己脚下的土地变成了"欠发达地区"，往日非常生疏的字眼如"失业""破产""下岗""低保"等等，竟成了生活的常态。一时间，沮丧者有之，惶惑者有之，愤怒如饿虎者有之，瑟缩如檐雀者亦有之。

改革开放三十余年，客观地讲，前二十余年，武汉人都处在阵痛之中。眼馋发达地区"遍地英雄下夕烟"，回看自家"山重水复疑无路"，心中的失落感与焦躁情绪，自是与日俱增。

毕竟是兵战之地，毕竟是商会之都，痛定思痛之后，武汉人知道"牢骚太盛防肠断"，于是"风卷红旗过大关"，制定崭新策略，重振昔日雄风。在千禧年之后，用楚人承传下来的筚路蓝缕的创业精神，重新开始了铸造辉煌的长征。

如果说一百二十多年前，张之洞督鄂，为我们武汉人留下了可圈可点的"汉口开埠"这一改革开放的政治遗产，那么，第二次的"汉口开埠"便是最近十几年来武汉人正在群策群力赶做的一件大事。第一次开埠，史有定论；而第二次开埠方兴未艾，其意义，其效绩，现在评论还为时太早。不过，有一点可以肯定，给"晃晃"一词赋予新的意义，便是在此一时期。

在武汉人醉心于改革，着力于建设的大潮中，确有许多新的精英诞生，新的气象散发魅力，但亦有一些人在除旧迎新的过程中，找不到自己的位置。他们热衷于追赶潮流，却又没有耐心把一件事做好。于是，武汉人便为此种人创造了一个新称呼——晃晃。

细加分析，晃晃一族是武汉人在改革开放过程中产生的一种"新人类"，迫于欲望，难抑浮躁，于是便有了晃来晃去一事无成的尴尬。应该说，"晃晃"一词诞生之初是贬义的，后来，竟从中生出了一些褒义，这便是武汉人调侃的本事了。记得数年前，一位汉口的小老板谈及自己在生意上的失利，向我痛苦地表述："我运气总是不好，赶羊猪俏，赶猪羊俏，猪羊都赶，结果猪羊都不俏。"不难看出，这位小老板的做法，便是生意场上的晃晃的做法。

从"快打酒，慢打油"说起

一位朋友的父亲是开杂货铺的小商人，他传下的经商格言是"快打酒，慢打油"。旧时卖酒与油，用的是竹舀。酒若快舀，必起泡沫，油若慢舀，沾在竹舀上的油必尽数滴下。这一快一慢，表明了小商人的精明。另一位朋友从父亲那里承继的家训是："你就是打不赢人家，也得咬人一口。"何等的不屈！两位朋友都是地道的湖北人，透过他们的家训，或可窥见湖北民风之一斑。

古书记载"楚人尚武"，自明以降，更有"天上九头鸟，地上湖北佬"这句流传了几百年的口头禅。这并不是什么褒评，而是一种讥讽。楚人尚武，可是作为春秋战国时期南方唯一的大国——楚国，竟被秦国一举吞灭。世人说到湖北佬，便觉得难缠，便不敢与之交朋友，做生意。这不能怪他们，因为古训就说"害人之心不可有，防人之心不可无"。

　　精明是好事，但精明到针尖削铁的地步，便让人害怕。上善若水，大智若愚，这是精明的前提，或者是精明的至上境界。如果一味地"快打酒，慢打油"，这等精明中就含了不少欺诈的成分，到头来生意冷清，岂不是自欺？

　　尚武是好事，但凡事"老子天下第一"，这种自大的心态，必导致世人对其敬而远之。笔者曾遇到过两件同样的小事，或可书之为证。一次，在武汉某处公厕方便，碰到几个十六七岁的"糙子伢"亦来如厕。我不满他们的喧哗，便扫了他们几眼，立刻有一英勇少年站拢一步质问："你要么样吵？"说话时，已摆出了要打架的样子。另有一次，我在苏州，在同样的地方遇到同样的少年，他们说笑之际，我看了一眼过去，他们立刻缄默不语。两相比较，我心恻然。乱世出英雄，可是在以经济建设为中心的治世，总是倔强地坚持"与人斗，其乐无穷"的心态，谁还敢同你打交道？中国文化中有一个吉祥的"和"字，和为贵，和气生财。这话说得真好，一个人、一个地区如果缺乏和气，就缺乏创造与积累财富的必要条件。

　　去年，在长沙岳麓书院，笔者与《曾国藩》的作者唐浩明先生聊天。谈及两湖的文化区别，我引用了辛亥革命时期一位先贤说的"楚人尚武，湘人好讼"来回答。唐先生说："讼与武，一为文斗，一为武斗。湖南岳麓书院，这座千年书院，是镇省之宝，有了它，湖南一省重文敬文。湖北不一样，那是一个打码头的地方，强者为尊，霸者为王，所以，湖北人好斗，乃地理条件形成。"唐先生一席话，竟不好辩驳。

岳麓书院的确可称湖南的镇省之宝。就此推之，各省名胜古迹的多寡，可作为衡量该省民风的一个标准。四川之文殊院、昭觉寺、青城与峨眉，浙江之灵隐寺、天童寺、天台与雁荡，我不止一次游览过。这些千年古刹、万古名山，都保存得极好。回头再看湖北，隋之玉泉寺安在哉？唐之五祖寺安在哉？若这些太远，百年前的抱冰堂、两湖书院、胡文忠公祠堂也都湮没。再说近一点，地处汉口闹市的中苏友好宫为何灰飞烟灭？尚武不要紧，可怕的是尚武的过程是毁灭。财富有一个积累的过程，如果在我们手上，毁掉前人创造的财富，后人又重蹈覆辙，毁掉我们留下的财富，则阖省永没有多余的财富。当然，也没有宝贵的人文资源留下。

近些年，地域文化的研究逐渐为人注目。虽还不成气候，但当政者与执事者，毕竟已认识到地域文化的重要性。一省文化的孰优孰劣，关系到该省在以人为本的协调发展中，能否永远保有激情与活力。文化是软环境，文化亦是精神的生态。我常常用冷水煮青蛙的故事，来形容一种不良文化对人的潜移默化的作用。如果是一锅热水，放一只活青蛙进去，出于自我保护意识，这只青蛙必定一跃而起，躲过被煮之厄。但若是一锅冷水，把活青蛙放进去，它一定不会跳出来，而是怡然自得嬉游其中。这时慢慢生火，水慢慢变热，青蛙浑然不觉，最终被煮死其中。此等悲剧，哀莫大焉。

李白是出生于中亚碎叶城的四川人，因当了湖北的女婿，而"酒隐安陆，蹉跎十年"。这期间，狂诞的荆楚文化精神使他愈益睥睨一世，傲视千古。他在安陆写下了"我本楚狂人，凤歌笑孔丘"的诗句。李白之狂，世人皆知。但李白却自称是楚狂人，可见他认为，唯有楚狂人才狂得到位，狂得过瘾。历史上第一个嘲笑孔子的人便是楚人，李白对此推崇备至。我认为，嘲笑孔子之类的圣人、贤人，并不是不可以，重要的是，嘲笑了别人之后，你自己能否有所建树呢？

我不知道，李白写此诗时，是否已成了冷水里的青蛙。他若不是，那么我们呢？李白是诗仙，当有自命不凡的本钱。倘若我们每位楚人，都有那种"王侯将相，宁有种乎"的狂人心态，这世界岂不乱套了？

武汉的性格

一

不知不觉，辛亥革命已经过去了一百年。在这一个世纪中，海内外研究这场革命的著作与文章琳琅满目，也出了不少荦荦大家、知名学者。毋庸讳言，爆发于 1911 年 10 月 10 日的武昌首义已经成为辛亥革命成功的显著标志。推翻数千年帝制以及清朝专制统治的第一枪，是在武昌城中打响的。虽然一百个春夏秋冬，让武汉三镇经历了沧桑变化。但是，城中的各处遗址如起义门、楚望台、武昌军政府、拜将台、彭刘杨三烈士就义处等等，仍能勾起我们对当年那场革命的景仰之情与深刻回忆。

近年来，我常常听到这样的一种声音：为什么辛亥革命首义的第一枪，会在武汉打响？其实，历史学家们早已就这个问题从当时的形势、条件、偶发因素等各种原因进行了详尽的分析。但是，我们的读者仍然觉得这些论据与观点尚不足以表达当日武昌首义的快意恩仇。以彼时之形势，北之京师，啸聚了多少慷慨悲歌之士，南之广州，隐伏了多少磨剑提戈之客；更兼西之成都，保路风潮如火如荼，东之上海，海归壮士丛集如林。环顾东西南北，义士如潮，铁血如波，哪一城都有打响首义第一枪的条件。为何独有白云黄鹤之地，于寻常巷陌之中，一掷万千霹雳，炸碎了大清王朝的铁桶江山？

这一问，使得饱学之士不得不凭案而思。

我客居武汉近四十年。从踏入这座城市的第一天，一直到现在，这座中国中部的第一大都市，一直在吸引我，困惑我，感动我，隔膜我。它有时大气，有时小气；有时睥睨万方横空出世，有时目光短浅俗不可耐……

武汉有多种定义，但没有哪一种定义能概括它。我想，探讨辛亥首义为何在这里爆发，或可从城市的性格进行剖析。

二

城市如同人一样，性格千差万别。如北京的王霸之气，上海的仪态万方，苏州杭州的风流蕴藉，广州深圳的兼收并蓄，成都的轻松幽默，西安的拥抱传统……过去，单从城市的建筑与街巷间的风俗，即可看出城市的性格。

近三十年来，随着建筑风格的趋同，单从表象已分不清城市的面孔。但是，一个城市的内在品质却不会随着表象而改变。

要想了解武汉的城市性格，首先得熟悉湖北人的性格。湖北是楚文化的发祥地。学者分析楚文化的特点，一是尚武好斗，二是敢为天下先，三是求新求变。

现将这三点试说如下：

我因为研究历史，每到一处，喜欢到当地的博物馆参观。看得多了，进行了文物的归纳统计，便发现了特点。远的不说，单说长江流域，江浙一带的博物馆，多精美的丝绸、精致的瓷器、艺术价值极高的书画，而长江上游的巴蜀，博物馆中多玉制的礼器、青铜的摇钱树和佛教的石刻。湖北的博物馆中，有远古王室使用的铸造精良的青铜器皿，当然，更多的是兵器。在湖北的博物馆中，不但可以看到远古中国的兵器大全，即便是近现代，我们引以为骄傲的，也有汉阳造的步枪与中山舰。

文物是无言的历史，湖北古往今来多兵器，正好反映了这一地区民众的尚武与好斗。这一传统在湖北一直延续。中国历史上的改朝换代，湖北人都冲在前面。推翻秦朝的陈胜与吴广、刘邦与项羽，都是楚文化区的子民，故有"楚虽三户，亡秦必楚"的说法。西汉末年王莽篡位，天下义军纷纷揭竿，七路农民起义军有四路在湖北，他们是绿林兵、新市兵、下江兵与春陵兵。最终，湖北枣阳人刘秀成了东汉的开国皇帝。还有元末农民起义，湖北罗田人徐寿辉首举义旗，数年征战之后，剩下两支最大的起义军争天下，一是安徽凤阳人朱元璋，一是湖北仙桃人陈友谅。所有这些例子，都是湖北人尚武好斗的明证。

再说敢为天下先。春秋之际，楚国作为诸侯国，是第一个站出来要求独立而不肯接受周王室统治的；客居襄阳的诸葛亮，首先提出联孙抗曹，从而造成东汉末年三国鼎立的局面；明万历年间的张居正，面对大明王朝摇摇欲坠的局面，勇敢提出改革的大计，肃贪治庸、振衰起隳，从而缔造了大明王朝的中兴之象。

有了以上这些先贤救世之创举，便不难理解为何辛亥革命的第一枪会在武昌城中打响。兹后，当蒋介石背叛革命，宁汉分裂之后，促使共产党完成武装夺取政权这一重大转折的"八七会议"，又在武汉召开。几年后，共产党北上抗日，实施战略转移，四支红军长征，只有一支即中央红军自江西瑞金出发，余下三支即红二方面军、红四方面军、红二十五军全部从湖北出发。

第三是求新求变。大凡扭转乾坤改写历史的人，凭借的力量应是尚武好斗的民众，其血管中流淌着敢为天下先的勇气和魄力，其精神追求便是求新求变。从以上信手拈来的事例中，都可以看到这三者内在的联系。尚武好斗并不是为武而武，为斗而斗。公元221年，孙权定吴国都城于鄂州，同时申明立国之本是"以武而昌"，这就是武昌城名字的由来。

19世纪中叶，汉口开埠。此后不久，张之洞出任湖广总督，在武昌城中驻跸十七年。湖北人的求新求变，创三千年未有之格局，之气象，在他的领导下可谓达到极致。他走后三年，推翻封建统治的第一枪又在武昌城中打响。可以说，正是尚武好斗、敢为天下先与求新求变三种性格的统一，才让湖北人当之无愧地赢得了结束数千年帝制统治，开创民主共和的首义之功。

三

综上所述，可以清晰地看出，湖北人的性格便是武汉的性格。任何一种性格，都有它的两面性。尚武好斗，性格就宁折不弯，杀气多于和气；敢为天下先就是敢承担责任，但做不来"治大国若烹小鲜"这一类的慢工细活；求新求变就是不安于现状，始终有强烈的进取心，但有时难免盲目地标新立异，泼脏水把孩子也泼掉了。

在大的历史转折期，武汉的性格便明显占有优势。但是，若要做建设时期的慢工细活，武汉人便显得有些急躁。使惯了板斧，叫他改用绣花针，便产生了有力使不上的无奈。明朝最大的政治家张居正有言："做好天下事，唯在耐烦二字。"毛泽东主席也说过："世上事怕就怕认真二字。"这两位都是楚文化养育出来的伟大人物。以上说到的三个特点，他们身上都有。这是他们摧枯拉朽重造乾坤的性格优势。但是，他们在政治的实践中，也发现仅有这三个优点是不够的，还必须加上耐烦与认真。在新时期的深入改革与扩大开放中，湖北与武汉如果保持自己的优良性格，再加上耐烦与认真，就可以期待跨越式的发展，迎头赶上发达地区，创造光辉的未来。

野山野水

　　大凡旅游，一是看山水，二是看古迹。自然风光与历史文化融为一体，给人视觉和精神上的享受当然是最大的，作为一个被都市生活压迫得透不过气来的现代人，他之乐于当一个旅游者，原是为了求得一些摒弃俗累的欢愉。若是让他站在圆明园这样的历史遗迹面前，当一个忧从中来的凭吊者，岂不有违心境？一般的人，既非忧患意识强烈的国士，当然也就不肯花钱来买一个怆然涕下的时刻。就像我，钟情于山巅水涯，对长江三峡、漓江山水、张家界与九寨沟等纯粹的自然风光十分偏爱，可以说是产生于现实生活的逆反心理。住城市中，红尘滚滚，每日心结万端，常嗟叹失路之心不能自明，那一份疲倦，自是不能轻易排遣得掉的。若是能在秀山丽水中，盘桓几日，于千万叠白云翠霭中度过一段若梦浮生，乃是极快乐的事。

　　因此，我之旅游，最乐意的就是游山玩水。名山胜水，的确叫人流连忘返。这是因为名山之所以成为名山者，实在有它高标卓拔的理由。有的山势奇特，有的幽窔清丽，有的松老石峭，有的烟霞千顷。各样都占的，像泰山、黄山、庐山等，则是名山中的名山了。诗人与画家，都是超一流的游山客。"一生好入名山游"的李白，一辈子目极山林之色，耳极泉瀑之声，把人世风霜变成如花岁月，其乐难言；还有"搜尽奇峰打草稿"的石涛，枕石而眠，漱泉而餐，一双抗俗的草鞋，踩过了多少山间水畔的绿烟红雾。真是令我辈羡慕不已的快活人。

按理说，在通信、交通甚为发达的现代，当一个李白、石涛那样的快活人应该说更有条件。遗憾的是，现代旅游已成为一项获利颇丰的经济产业，所有的名山大川，莫不人满为患。置身其中，很难获得古人登山临水所产生的那份闲情雅趣。因此在物质文明甚为发达的当今之世，要想获得纯粹的自然，恐怕只能去那些野山野水了。

当你来到一座藏匿在深山中的小镇，夜晚，在简陋的客舍里，就着一盏孤灯，听潇潇夜雨，或者对着蛛丝一样游动的月光，听不知从何处传来的牛的反刍声，你会感到自然是如此亲切。黎明到来，薄薄的山岚被风撕成条条缕缕，水蛇一样在葱茏的峡谷中游弋，山坡上的各色野花都像喝醉了酒一样摇摇摆摆，你又会觉得，自然的盎然生机，存在于每一个我们熟悉的物种中。

我总觉得，最能体现东方生命情调的，便是这些远离现代文明的野山野水。

　　古代的诗人、画家，在他们的山水诗和山水画中，为我们勾勒了一幅幅清纯的中国山水。中国的传统文化，由儒释道三家构成。对于风景，儒家的感受力最差，甚至可以说是迟钝的。而禅家、道家笔下的自然风景，无不清纯可爱，但又各具特色。

　　在中国，一个优秀诗人的素养，往往由儒释道三家的学问构成。只不过在不同的时间、不同的境遇中，他们以不同的心态来看待自然。闲适、恬淡，是禅家风景的特点；寂寞、虚无，是道家风景的内涵；凝重、隐喻，是儒家风景的实质。

　　禅与道对自然的态度有相通之处，都讲究"以心接物"。一花一草，一峰一石，都不依傍人类的意识而独立存在，因此，无所谓欢乐，也无所谓悲哀。纯粹的自然，人置身其中，不是高傲的统治者，而是构成风景的一部分。儒家风景却迥然不同，他们追求的是强烈的人格化的自然。尽管渗透于风景中的人格是高尚和优美的，但那并不是自然本身的实相，而是人类情绪的造就。

　　自然是一个，由于儒释道三种美学意识而产生了三种风景。就我个人而言，对禅与道尤其是禅的风景意识更为欣赏。置身在禅意盎然的风景中，一颗被生活的激流污染很深的心会变得纯洁，脸上僵硬的肌肉会变得柔和。而且你会突然感到，平日你所欣赏的五光十色的都市生活，这会儿变得黯淡无光。同自然相比，人类任何伟大的业绩，都不具有永恒的价值。

那么，这种能让人顷刻开悟的风景到哪里去找寻呢？当下，它们只存在于那些远离都市的野山野水之中了。

无量山水

明代后期的绍兴人王思任，是个奇才。清人攻入城中，他发誓不入城取食，遂饿死山中。这么一位气节之士，一生耽爱山水，在其《游唤》序中写道：

> 夫天地之精华，未生贤者，先生山水。故其造名山大川也，英思巧韵，不知费几炉冶，而但为野仙山鬼蛟龙虎豹之所啸据，或不平而争之，非樵牧则缁黄耳。而所谓贤者，方如儿女子守闺阃，不敢空阔一步。是蜂蚁也，尚不若鱼鸟，不几于负天地之生，而羞山川之好耶？

这通议论发得怪，却很好。先有名山大川而后有贤者，这是不争的事实。这些名山大川到了今天，虽然并不为仙鬼虎豹所啸据，而相继被开辟成旅游风景区，但以仰慕之心情而亲近山水者，却又是少数了。

中国历代文人，比较注重生活的质量及品位。出名的才子学者，没有哪个不喜爱山水。李白"一生好入名山游"。苏东坡的前后两篇《赤壁赋》，都是游江的余绪。朱熹在庐山主持白鹿洞书院，晚年听说有人发现了三叠泉，因腿脚不便不能亲临，便请人把三叠泉画成立轴，挂在书房欣赏。比之古人，今人亲近山水的态度，到底差得多了。

今人不是不喜欢旅游，而是旅游的方式和目的，都不及古人的高妙。试想一下，乘一只小木船过三峡，和站在轮船的甲板上游三峡，能获得同样的感受吗？

还是这位王思任先生，对于旅游的方式，也是格外讲究。他在另一篇文章《纪游说》中写道：

> 予尝谓官游不韵，士游不服，富游不都，穷游不泽，老游不前，稚游不解，哄游不思，孤游不语，托游不荣，便游不敬，忙游不慊，套游不情，挂游不乐，势游不甘，买游不远，赊游不偿，燥游不别，趁游不我，帮游不目，苦游不继，肤游不赏，限游不逍，浪游不律。而予之所谓游，则酌衷于数者之间，避所忌而趋所吉……

他的讲究简直苛刻到了迂腐的地步。如他所举，这二十三种旅游皆不可取的话，那么今人的旅游就完全没有办法进行下去了。当然，他首先反对的"官游"，倒的确是大败人意的事。

我总以为，游名山大川是一件难得的韵事，但官场上的事，却是大俗。如果游山玩水仍不忘官场，前呼后拥，车毂相接，游山的乐趣就早已去掉了大半。

古人云，登山则情满于山，观海则意溢于海。这是讲融合。"我见青山多妩媚，料青山见我应如是"是一种融合，物我相悦；"相看两不厌，只有敬亭山"是另一种融合，物我相吸；"此中有真意，欲辨已忘言"是更高的融合，物我相忘。现代人过于强调物质，导致了庸俗的享乐主义，这种倾向对我们的生活起了毒化作用。"春游芳草地，夏赏绿荷池。秋饮黄花酒，冬吟白雪诗。"这是我小时候读的第一首诗，浅显易懂，算是我人生的第一堂旅游课。我几乎从童年起就热爱山水，但懂得山水的意义则是中年以后的事。我认为山水自然中蕴含的美感，有益于我们的生活。耽于山水又会使一个人厌烦尘世的生活，而去寻找那种幽玄的境界。但是，暂时抛开手头的事务，到自然中旅游几天，让心松弛下来，得以疗养，相信是恢复生命激情的最好的方法。

生命有限而山水无量。风也罢，花也罢，雪也罢，月也罢，这些抗俗的雅事，在混凝土的森林中是找不到的。为了不让我们的灵性被物欲吞没，还是应该到山水中走一走。用王思任的话说，这叫"避所忌而趋所吉"。

对汉江的期待

　　有一次，在西安城中与贾平凹先生聊天，他说他的老家商州，虽在陕西，却不属于秦文化地区，而应属于楚文化地区。旁边的朋友讥笑他："你就是想往湖北凑，可那儿的人根本不认识你。"平凹笑着回答："咱老家在秦岭南，秦楚的疆域就是以秦岭为界，咱老家的汉江，没流到西安，却流到武汉去了。"

　　细读平凹先生的作品，虽有秦人的执着与粗粝，但亦蕴含着楚人的浪漫与纤柔。商州乃楚头秦尾，汉江与丹江的发源地都在此地。众所周知，楚文化最初的灿烂，便是发生在汉江流域。

　　中国江河的走向，大都自西向东，但汉江却是自北向南。它发源于秦岭，流经一千多公里的区域，于汉口注入长江。

　　如果让时光倒退一千多年，甚至更早一点，在汉唐时期，汉江两岸的繁华，远远超过了长江，这是因为当时的都城在关中的长安，汉江由此成为帝国连通南北的大动脉。数百年间，汉江以及两岸的官道，始终舟车辐辏。官旅行贾、骚人墨客，莫不在汉江上留下了他们的足迹与歌吟。

有一次，一位研究风水学的朋友对我说，他研究过很多伟人的故居，发觉他们一般都诞生在某一条河流的源头上，房子前必有细细的水脉，这水脉，最终都通向盛大的河流。我因未做调查，不能评判朋友的论断是否正确。但是，如果我们稍稍留意，研究一下文学发展的轨迹，便不难发现，河流之于作家，犹如大地之于鲜花，是一种供养与共生的关系。沅水之于沈从文，汉水之于贾平凹，都可作为明证。

在古代，汉江流域的确诞生过不少优秀的艺术家，如诗人孟浩然、张继和大书法家米芾等。流寓汉江的艺术家更多。汉唐时期汉江边上最大的城市是襄阳，斯世不但许多艺术家寄居于此，就连诸葛亮这样伟大的政治家，也在城郊的隆中隐居，登山傲啸，临涧赋诗，汉江上的帆樯，亦可成为他的草庐窗中的风景。

那一年，我去襄阳，参谒诸葛隆中之后，又去汉江边上的鹿门山，瞻拜孟浩然故居的遗迹。看到壁间众多的题诗，我当时就想，若能编一部《汉江诗文选》，定是文学史中的壮观一景，徜徉其中，不但能欣赏大汉雄风，更能于雍容大度的吟唱中，品味令人景仰的盛唐气象。

文学也是一种生命，凡生命都不可离开水。今日的汉江，已不能见到艺术家行吟天地的云帆了。它的胭脂色的波浪，正在浇灌着支撑盛世的摇钱树。而且，南水北调工程，准备于武当山下截取汉水以济北京，这条古老的文化长河，即将成为首都的生命之源。但我们不能据此推断，文学的汉江已经消失。我们完全可以期待，汉江将如盛唐时期一样，诞生自己的文学艺术大师，诞生自己的作家群。文学无关国计民生，但却能反映一个时代的精神风貌，衰世文采黯淡，盛世文采斐然。"弱水三千，只取一瓢饮"，今日我们要饮的，是从唐代流来的盛世文学的悠悠水脉。这水脉中有长江、黄河、淮河、珠江，当然也有汉江。

放　下

　　前不久，我的一位朋友问黄梅五祖寺方丈见忍和尚：
"禅书上常有记载，某某和尚苦修多少年都不得要旨，某
天听到一句话就突然开悟了，这是为什么呢？"见忍答：
"因为这和尚通过某种暗示或者点拨，突然明白了'放下'
的道理。所谓开悟就是放下。"朋友听罢释然。

　　记得十二年前，我们几个朋友相约去海南度假打高尔
夫球。到了球场，一位在证券公司当总经理的朋友接到秘
书的电话，言股市行情突然启动。他立刻收拾球杆返回。
我劝他留下，他不肯，反复数次，最后他仍坚持要走，我
笑道："岂不闻佛家言乎，人生要旨在于'放下'二字。"
他叹道："问题是放不下啊，人在江湖，身不由己嘛。"当天，
他又乘飞机返程，偏遇暴风雨，飞机不能起飞。他只得回来。
我笑道："你不肯放下，老天爷要你放下。"

　　去年春节，我回到故乡小镇。无论是除夕还是初一，

街上商业气氛不减，各家店铺生意红火，大街小巷人满为患。目睹此景，我不禁怀念我的童年时代，整个春节期间，街上冷冷清清，没过完元宵节，店铺是不会开门的。家家亲人团聚，围炉向火，推杯把盏，谈天说地，一年的疲劳就此卸下，真个是不亦乐乎。

或许有人认为，这种春节太过寂寞，还是应该由商家鼓噪，过得红火才是，否则，便体现不出"吉庆有余"的气象。对这观点我不敢苟同。西方的圣诞节类似于中国的春节，是一年中最为隆重的节日。那一年我在多伦多，恰逢圣诞节，黄昏时分，我与儿子驱车上街寻找餐厅，竟全部关门，只好回到寓所自己做饭。想买啤酒，几乎跑了五六个街区，没有一个商店开门营业。夜色中，但见家家门口的圣诞树闪烁着璀璨的光芒，所有人都回到温馨的家中，与亲人在一起品享丰盛的晚宴。这座城市所有的尘嚣在那一天都消失了。面对此景，我感到回到了童年，回到了故乡的小镇。

近年来，总会听到有人感叹："这个节，把我累趴下了。"为何累趴下了？无非是为利益或人情所驱，终日忙得陀螺一般，旋转着停不下来。如果像过去那样，一家人团聚，尽享天伦之乐，或者像西方人那样在节日里摒弃一切俗虑回归亲情，我们在吉庆的日子里会无暇品尝生活的甜蜜吗？

节日尚且躁动，平日就更不用说了。现代中国都市中人，每个人都感到压力很大，都感到累。细究起来，乃是因为大多数人都没有明白"放下"的道理。

中华民族可以说是勤劳的民族。改革开放近三十年，国人创业的欲望空前高涨，每个人都在培植摇钱树。当所有的人都在为理想而奋斗，这个国家就充满了生机。从民族前途来讲，这种创造力无疑是国家进步的根本保证；但从个人生活质量来讲，如果始终处在躁动中，则会让人产生身心俱疲的感觉。

既要会工作，更要会生活。要做到这一点，就要求我们既要学会加法，更要学会减法。这个减法，就是放下，就是近来一些有识之士开始提倡的"慢生活"。

雪　佛

　　我总觉得，雪是一个最为传奇的故事。每逢下雪，家中最高兴的，是儿子和我。

　　我之所以喜欢雪，一是因为我的洁癖，天地一片白，难得一个清净的人间，二是因为雪带来的那几分凄凉，也特别合我的胃口。这时候，我往往会烧一只火锅，辣子放得重重的。就着煮得红通通的萝卜与肉片，喝几杯淡淡的花雕。同时，取出那本英译本的法国诗人雅姆的诗，读几首他的歌咏故乡比连尼山区的佳作。入此情境，我也就变成一片雪花，飘飘摇摇，飞落到尚在田间行走的故乡老农的竹笠上。

　　儿子呢，他之所以喜欢雪，乃是因为儿童都喜欢堆雪人。

　　以往，我很少参加儿子的堆雪人的工作。固然，我觉得这童年的乐趣很值得回味，但仍觉得没有必要再去体验一次。去年仲冬的一天，正好是星期天，晚起的我，忽听到妻子开门时的叫声："哎呀，好大的雪！"我起身拉开窗帘，果然，窗前花园里的梅树和橘树，它们的细枝像是一只只手戴上了厚厚的白手套。我立刻想到了故乡山上的奇形怪状的积雪，像是精灵们的城堡或是似幻还真的海市蜃楼。

"爸爸，我们一起堆雪人去！"儿子兴奋地跑过来。

"你想堆什么？"我问。

"堆一个菩萨。"

"堆一个菩萨？"我放下了雅姆的诗，问："你怎么想到堆菩萨？"

"菩萨都挺着大肚子，比胖外公还胖。"

"原来是这样，好，我们一起堆。"

儿子欢呼着塞给我一把小铲子，我们出门了。

近几年的我，一直在试图用佛家禅宗的智慧清除长期束缚着我的心理情性。铃木大拙说过，不凭借整个的人格的力量就永远悟不到禅的真谛。鉴于商品文化对人的腐蚀，我感到我之修禅的主要目的，在于将自己人格的结构彻底重建。大雄宝殿里的佛像，人们统称为菩萨。在那些香火鼎盛的大庙里，善男信女每天川流不息，他们对佛顶礼膜拜，虔诚至极。遗憾的是，这些礼佛者多半认为佛是身外的理想，而并没有认识到佛是我们自身本质的力量。

每年夏季，儿子跟着我出外旅游，到过一些大庙。每当我和禅师们交谈，他就站在旁边静听。八九岁的孩子，当然不可能听懂我们的谈话，但这毕竟对他产生了心理暗示，激发了他的模仿本能。所以，他就产生了堆菩萨的念头。

门外的空地上，积雪一尺多厚。天上的雪花仍在纷扬。

"堆个什么样的菩萨？"我问儿子。

"最胖的。"儿子回答。

"你觉得哪个最胖？"

"我们在庐山那个庙里见到的。"

儿子指的是庐山黄龙寺里的那尊如来佛。于是，我们便堆起如来佛来。

儿子自告奋勇，当造佛的师傅。我呢，给他当小工，负责铲雪供应原料。

大约花费了两个小时，一尊一米来高的雪佛堆成了。儿子的创作态度极其认真，雪佛的脑袋大且圆，只是佛肚大得过于夸张，几乎占了身子的三分之二。

"这么大的肚子，要吃多少饭呀？"我问儿子。

儿子说："他的肚子里都是雪，哪有饭呀。"

显然，儿子对他的创作很是满意，他绕着雪佛前后左右看了一圈，忽然问我："爸爸，你跟庙里和尚说，佛就是我们人自己？"

"是的。"我回答。

"那为什么我见了那么多的菩萨，却没有一个戴眼镜的，而人里头却有戴眼镜的？"

儿子说着，扶了扶自己的近视镜。因为妻子近视，又因近视遗传，所以儿子九岁就戴上了近视镜。

儿子的问话，我实在无法回答，只得支吾说："佛和人并不完全一样。"

儿子摸了摸雪佛的头，对我说："给它取个名字吧。"

我说："菩萨不应该有名字。"

儿子争辩："应该有，人有人的名字，树有树的名字，菩萨就应该有菩萨的名字。"

儿子执着起来。从小就接受的逻辑思维训练，使他提出了这样的问题。逻辑是知识的根本，却是修禅的大敌。时下科学家们评定一个人的智商，就是看他日常的推理能力。禅却要求我们越过意识的界限而进入无念。由此可见，只要评判的标准不同，一个人在他人眼中，既可能是一个伟大的智慧者，也可能是一个浑噩无知的愚氓。

儿子给他的雪佛取了一个名字，叫雪菩萨。

那些用青铜造佛的人，是把他的理想熔铸在青铜中；那些用泥造佛的人，是用泥来捏造他自身的价值；我的儿子用雪来造佛，是把成年人的精神寄托嫁接在儿童的游戏中。喷射飞机一年比一年飞得高，高速公路上的汽车一年比一年跑得快，我们对于佛的虔诚，却是一年比一年淡薄。有人可能认为这是人类认识世界的能力提高的结果，其实这是物质的纵欲代替了精神的追求，感官的刺激代替了高雅的情操。在这种情况下，儿子造佛的动机固然出于游戏，但毕竟，佛的精神已对他产生了小小的暗示。我相信这种暗示对他今后的人生会起作用的。

下午，天放晴了。江南的雪就是这样，下得猛也停得快。

第二天早晨出来，我们发觉雪佛正在融化。

"它只活了一天。"儿子指着雪佛说。听口气，有些忧伤。

"你希望它能活多久？"

"一直到我死它才能死，这样就能保佑我一辈子。"说完，儿子一溜烟跑去上学了。

我这时仿佛突然明白，原来儿子堆雪佛是想为自己制造一尊守护神。那么，至少现在他明白了，守护神不可能长久地跟着他。

历史的驴友

鸡刨食的启示

弟弟从故乡来，给我带来了一只母鸡。孩子天性喜欢小动物，我的儿子也不例外。他向我要求，把这只母鸡放在阳台上养一段时间。我同意了。儿子欢天喜地开始了喂鸡的工作。第二天中午放学归来，他发现阳台上有血迹。一检查，是鸡爪子渗出的。我们知道，鸡有刨食的习惯，一双爪子不停地刨着，从被刨松的泥土中觅食小虫和其他可口的东西。这母鸡的一双爪子流血，便是因为它刨食的习惯。只是它不知道，它现在面临的不是乡村松软的泥土，而是城市阳台的水泥地面。儿子为它包扎好伤口，并告诉它水泥地刨不动，里面也绝不会有可口的食物。儿子把饼干末、青菜叶、饭粒撒了一地，为的是让母鸡有足够的食物而不用刨地。但是儿子下午放学回家，发现母鸡双爪的创口贴早已撕烂，阳台上又多了很多血迹，可是撒在地上的食物，大部分都没被享用。可见它之刨地，不仅仅是为了食物，而是出于习惯。儿子再次用创口贴为母鸡包扎双爪，并警告它："你再不能刨地了，你的两只脚会刨烂的，血流完了，你就会死掉。"

第二天中午，我们发现这只母鸡缩在阳台的一角，已经奄奄待毙了。它的双爪果真已经刨烂，露出了趾骨。地面上到处都是血迹。

"它要死了。"儿子伤心地说。

"它是自杀的。"我说。

儿子问："它怎么这么蠢？"

我回答："因为它是鸡。"

母鸡刨食的习惯，乃是求生存的结果。作为地球生物的一族，它也必须遵循适者生存的规律。鸡族并不是一诞生就成了家禽。最早的人类是没有多余的粮食来豢养禽畜的，鸡必须自己养活自己，刨土觅食，便是它们找到的最好的生存方式。作为地球生物大家族中的一员，应该说，刨食使鸡获得了成功。恐龙、冠齿兽、尤因它兽、大角雷兽等史前怪兽，都因它们生存方式的致命缺陷而导致了灭族之灾。如今，地球上仍有数以万计的动物濒临灭绝。这是因为它们没有办法解决生存方式与新型环境之间的尖锐矛盾，因此只能灭亡。

鸡族得以繁衍，是因为地球上永远都有着松软的泥土，泥土中有着它们需要的丰富的必需的食物。设想一下，如果地球上泥土都变得像水泥地面这般坚硬，它们将如何生存？

　　方法很简单，它们只要改掉刨食的习惯就可以了。但鸡的智商没有办法保证它完成这种进化，除非像养鸡场那样，把鸡放在笼子里圈养。不然，只要让鸡的双爪一着地面，它就无法改掉刨食的本能。

　　我的儿子已经告诉母鸡，它这样刨食会送命的，但鸡听不懂人的话。它固执地坚持自己的生存方式——刨食，最终因此而死。在高智商的人看来，这是一个多么简单的问题啊，可是对于鸡来说，却是一个无法逾越的智力高度。

　　这只母鸡的悲剧，让我想到我们人类自己的问题。

　　人，作为地球的主宰——至少人类自己是这么认为的，在漫长的生存竞争中，确立了自己的生存方式。比起只能刨食的鸡和只有靠吃竹子才能活命的大熊猫，人类适应环境之能力的确是伟大的。在这一点上，地球上没有其他任何一种生物可以同人竞争。

　　在完成"本能生命"的竞争中，发达的智力使人产生了无与伦比的优越感。人与一般动植物的主要区别在于人有精神领域。众所周知，哺乳动物中的狼最有攻击性，可是它对同类的朋友，却是最忠实的。但是，人类在自己的"精神生命"的探索过程中，攻击性比起凶残的狼来有过之而无不及，而且其悲剧还在于他攻击的对象还是人类本身。人类几乎一开始就把自己的同类看成是竞争的对手，并由此拉开互相仇恨的悲剧的帷幕。

如果要举这方面的例子，真是太多太多了。由精神而派生出来的宗教与政治，再由这两者构合的意识形态而派生出来的仇恨与敌意，把人类的精神领域搅得天昏地暗。如果宇宙中的确存在着比人类智力更为广阔的超人，他们一定也发现了人类生存方式的致命缺陷，他们也肯定像我的儿子告诫那只母鸡一样告诫过人类。只是人类不懂他们的语言，就像鸡不懂人的语言。

从哲学意义上讲，人同刨食的鸡没有什么两样。

德国哲学家马克斯·舍勒论述人的本质特征时说过这么一句话："生物在自我存在和内部存在中认识自己。"

人类的自我存在，在这个小小的地球村上，显示出强大的生命力；但人类的内部存在，的确是一部一经上演就永不会收场的互相仇恨的悲剧。现在，我们提出建立和谐社会的理想目标，乃是为了避免这种悲剧的继续。

当智者的声音已经发出，我们该如何倾听呢？

依旧的青山

　　我的一位朋友从日本来信说："昨天去了趟名古屋的大喜梅林，此境不由使我想起郁达夫先生的《沉沦》，在仰望蔚蓝色空谷的一瞬间，我告诫自己抱住正气，千万不要患上郁达夫先生当年的刺激性神经衰弱症。"

　　读罢信，我的眼前浮现出一幅大喜梅林的风景。尽管我从未去过那里，但由那些草、树、泥土、流水以及云烟构成的能够诱人沉入颓唐情绪中的特殊景态，不知怎的，竟让我联想到了唐诗中的"雨中黄叶树，灯下白头人"这孤寂的一联。

　　记得我的朋友去日本之前，曾来我家住过一个晚上，其意一在话别，一在想听听我对他东渡扶桑的意见。我说，用世俗的标准来评判一个人成功与否，主要是看他与社会的融合程度。如果社会是一杯水，你就必须是一匙速溶的麦氏咖啡，其可溶度几近百分之百；反之，如果你是一块永不会被水溶化的石头，你就不会得到社会的承认，至少在你活着的时候。朋友很快明白我的意思，他说：是的，生活的勇气不在于参与社会，而在于把自己从社会中分离出来，保持自己独立的人格。

日本是一个经济至上的国家，带着传统的人格去那里的人，会被压抑得喘不过气来。此情之下，人要么参与进去，变成经济动物，要么分离出来，成为现代社会中自我放逐的鲁滨逊。想做到后一点，很难。

水虽然没有能力溶化石头，但完全可以污染石头。最低的限度，它可以让石头与它同凉同热。正是这种社会的温差，使我的朋友无法守恒于他在中国大地上培养出的水火既济的气功态。所以，面对大喜梅林，他差一点患上了与八十多年前的郁达夫同样的"刺激性神经衰弱症"。应该说，产生这类毛病，其因还是在于社会。

几乎每一代的圣贤，都哀叹"人心不古"，促使"世风日下"的主要动力，乃是来自人类本身不断膨胀的欲望。宋代的朱熹看到这一点，所以提出"存天理，灭人欲"。这老先生却不知道，这样做又压抑了人性，使人失去了创造力。既不压抑人性又能制欲，把二者统一在一个可让大多数人接受的"度"上，这个人就必定是人类的救世主。问题是，这样的救世主很难出现。

所以，人类中的智者就分成了两大类。一类是速溶咖啡式的，力争百分之百地融入社会，使社会有滋有味；一类是石头式的，这种人在纷繁复杂的社会生活中，保持一个完整的自我。前者推动了历史的前进，但把社会搅得天昏地暗的也是他们；后者只求从精神上解脱自己，但却把一个人应当担负的社会责任推得一干二净。

中国古代的士大夫和今天的知识分子，他们中许多人都看到了这两者的利弊，也试图去伪存真，把两者的优点统一起来，提出"穷则独善其身，达则兼善天下""内圣外王""性命双修，儒道同怀"等口号，但从实践看，很少有成功的范例。我想个中原因，还是鱼和熊掌不能兼得。

由于两种处世哲学的源流不同，想做兼型人便只能是一个悲剧。而且，芸芸众生对速溶咖啡式的智者可谓众星捧月，趋之若鹜。至于石头一类的智者，则只能是惺惺相惜，在很窄小的范围中相濡以沫。

好在这类人不求闻达，有闲情，有逸致，有深山古寺的钟声可以咀嚼，有不用一钱买的林泉风月供他消受。这话不对，现代的林泉风月都被围进了风景区的院墙，想欣赏，请买门票吧。

所以，人类的发展，是以人之个性的萎缩来换取"类"的物欲的欢乐。但是，毕竟更多的人，是处在非常尴尬的生存状态中。一方面，他们渴求成功，如此，则要百分之百地融入社会；另一方面，他们又想尽力摆脱世俗的挤压，争取更大的个性空间。即便一个人在两难的处境中获得成功，但一旦远离喧嚣的市尘，独自面对一方纯净幽美的风景，他立刻就会卸下人生的累，并感到生命的乐趣不在于拼搏，也不在于成功，而在于一份难得的悠然。

"是非成败转头空，青山依旧在，几度夕阳红。"这感伤的词句，意在规劝我们不必那么浓墨重彩地渲染人生的风景。坐在依旧的青山上，看看欲坠的夕阳，有人认为这是沉沦，有人则认为这是进入了人生宁静致远的境界。

不惑中的困惑

一

年过四十，最显著的变化就是生命激情的内敛。作为一名诗人，我感到进入了"休眠期"，最大的症状是一首诗也写不出来，或者干脆说，缺乏那种写诗的冲动。

为什么会这样呢？一些像我一样搁笔的诗人把这归咎为"物欲横流"的结果。物质文明的高速发展导致精神与物质的需求分配产生了根本性的变化。这并不是说现代社会不需要精神创造活动，而是衡量精神创造活动的客观尺度改变了。直白地说，就是你的精神创造活动能否转变为丰富的物质财富，乃至整个社会眼光关注的所在。

这种价值观的转变加速了社会物质文明的进程，但对于从事着无法物质化的精神创造活动的这部分人来讲，这种转变无异于一场灾难。更为不幸的是，在这场灾难中，诗人首当其冲。

我进入"休眠期"，固然有上述原因的作用，还有一个重要的内在原因，就是自身日益增大的理性约束力正在逐步取代一个诗人必备的对幻想世界的憧憬。

逻辑是诗人的大敌，诗只能是智慧的产物。从某种意义上讲，智慧、禅与幻想构成了一个诗人的理想的殿宇。诚如英国的诺贝尔文学奖获得者伯特兰·罗素所言："那殿宇的预示显现在想象中、音乐中、建筑中、宁谧的理性之国度中、抒情诗的金色夕阳的魔术中。在那里，美丽闪着亮光，远离着悲哀之触及，远离着对变易之恐惧，远离着事实世界的失败和幻觉。当我们对音乐、建筑、抒情诗那些东西加以思索的时候，天国之憧憬就在我们心里形成，立刻给予我们一块审判我们周围世界的试金石，给予我们一种灵感，借以使可能成为那圣殿的石头的任何东西适合我们的需要。"

现在，人们心中的天国已经世俗化了。而且，诗人一旦脱离纯真的感情世界，他的智慧之光就有可能熄灭，也就再也不能拥有审判我们周围世界的试金石。

我想，我的"休眠"正是源于上述的原因。对于现实世界，我此刻的心态是思考多于盲从。可以说，这既不是一个牧歌的时代，也不是一个颂歌的时代。因此，它不是一个诗人的时代。

二

我今年四十岁，对于诗人来讲，这是一个很老的年龄了。孔子讲"四十而不惑"，而我对于生活的流变，却是惑莫大焉。

惑，迷惑、困惑，或许还有诱惑，前两惑产于自身，后一惑来自外界。孔子那时的四十岁和现在的四十岁远不是一回事。那时候，一是人的寿命比现在短得多，二是外部世界也远没有现在这么复杂，所以，在四十岁上做到不惑并不是一件难事。现在可不同了，国家、民族、宗教、科技、经济、文化等诸方面的问题，构成世界庞大而又多变的矛盾体系，单单挑出其中的某一个来，就足以把你折腾得头昏脑涨，死去活来。更何况你根本无法挑出其中一个来，所有矛盾的根部都是纠结在一起的，分清它们的支脉尚且不易，遑论其他？所以，在"六十而耳顺"的人中，面对日新月异的世界而瞠目结舌者多的是，就是孔子认为的"七十而从心所欲，不逾矩"的进入了人生化境的老人，在今天照样会犯路线上的错误。二十年前，我们的时代还是一个有章可循的时代、一个崇尚权威的时代，现在一切都变了。由于变化太快，许多人，哪怕是一些政治领袖、大学问家，也只能跟着感觉走。所以，当今之世，能做到"四十而不惑"的人，那可真是凤毛麟角。

也许，还可以再引用孔子的观点，来说明世事常变而道不变。但道又是什么？一阴一阳谓之道。然而，阴阳的盈虚消长，泰否两者的判别，究竟有没有客观的尺度？人法地，地法天，天法道，道法自然。这种循法通则，早已被古人挑战过，有一副对联的上联这样写道："世上事法无定法然后知非法法也。"

以非法之法来对待、处理瞬息万变的世界，乃是积极的人生态度，但其难度也是可以想象的。首先，你得判别何谓"法"，何谓"非法"。这种判别的第一个后果就是"惑"的产生。"惑"之后，要么以"非法"处世，要么就"难得糊涂"。消极与积极，儒家与道家，中国的知识分子，几千年来都是游走在这两种既相吸又相斥的文化传统中，诗人也不例外。

在释家那里，"惑"之后就是"开悟"。我去过黄梅五祖寺，那是禅宗六祖慧能开悟的地方。禅宗七祖怀让开悟的衡山，我也去过，那里留下了他的遗迹明镜台。站在这样伟大的禅宗大师开悟的地方，面对纯朴、古老的寺院及森森的林木，我的心悄然而动，一种超然物外的神秘悠然而至。

关于"悟"，日本著名的禅学大师铃木大拙先生是这样说的："禅同所谓思想一类的东西没有什么必然的联系。'悟'是一种感觉或知觉，但又不是单纯的、个别事物的感觉，而是存在的根本事实的感觉，其终极的目的是自体，即除自体以外没有其他任何目的。"

1989 年以后，我对禅学产生了浓厚的兴趣。我虽没有达到开悟的境界，但至少为自己的"惑"找到了一个极其有力的批判的武器。今天，我正是怀着这样的平常心：在不忽视生命的物质性的同时，更着重于揭示精神的独立性。

三

今天的文学，尤其是诗，从对整个社会的影响来看，无疑已从高潮跌进了低谷，其原因在前面已经论及。这时候，诗人已被边缘化，这反而会让诗更加纯粹。我虽然已缺乏了诗的感觉，但是，我仍然乐意以诗人自居。这个时代，也许不再需要诗了，但我生命的每一天，仍离不开诗歌的滋养。

我本江城士大夫

我不知道该怎样评价我自己。

我曾写过一首《楚狂人》的诗：

> 楚狂人说楚人弓，半壁江山一炷红。
>
> 百战纵然输社稷，人间依旧吊英雄。

于此可见，我是一个英雄主义者，当然，也是一个理想主义者。英雄与理想是不可分的。

我之所以成为一名作家，是为了实现自己的理想。

记得我考上县中学时，是"文革"开始的前一年。报到那一天，县中学大门的两侧各挂了一条横幅，左边是"欢迎你，未来的科学家"，右边是"欢迎你，未来的文学家"。

我脑子一热，竟然跑到右边的横幅下站着。那时候，天真少年们的理想是当一名解放军战士，或者炼钢工人，或者拖拉机手，像我这样不知天高地厚的楚狂人委实没有几个。同学们都用异样的眼光盯着我，并从此送我一个绰号：熊作家。

如此称呼，自然是取笑我。我于是跟他们赌气，今生一定当一个作家给你们看看。幸亏我的父亲是一个新中国成立后才扫盲的木匠，根本不知道在那个"以阶级斗争为纲"的年代，舞文弄墨是一件多么可怕的事情。我只上了一年正规的初中，"文革"就开始了，我的灾难也开始了。如果要细数我从少年开始吃过的苦头，或者干脆说是"一浪高过一浪"的灾难，那足可以写成厚厚的一本书，这里姑且略去不谈。

1979 年之前，我似乎从来就没遇到过什么顺心的事。当了一年兵被遣送回家，随后全家下放农村。屡次招工与推荐上大学，名额皆被有权势者侵占。好不容易安排进了县文化馆编辑一份油印的刊物，却因几次用了"坏人"的稿子差点要被抓进监狱。有智者说"苦难是最好的营养"，此言不谬，正是因为备尝艰辛，才养成我百折不挠的性格。

就在 1979 年，我写下了政治抒情诗《请举起森林一般的手，制止！》。我没想到，这首诗竟然在当时的中国诗坛掀起如此巨大的波澜。也就因为这首诗，我的作为一名作家的生涯，便正式拉开了序幕。

二

　　我 1981 年开始当专业作家，那一年，我二十八岁。我们作协当时的专业作家一共有八个，姚雪垠、徐迟、碧野等，都是大家。鄢国培、祖慰和我都是 80 年代调进，我最小，又是最后一个，祖慰老笑我"第八个是铜像"。第一次参加专业作家会议，同这些声名如雷贯耳的大作家在一起，我立马感到心虚。特别是姚雪垠和徐迟两人，在当时的社会氛围中，他们每到一处，真可用万人空巷来形容。姚雪垠第一次同我谈话，用一种居高临下的口气说："年轻人，一首诗不能定乾坤，今后的路还长着呢。"我听了诚惶诚恐。本想对他说："姚老，我今后也要写历史小说。"但没有勇气说出口。徐迟最具名士气，也最能坚持理想。当时的省文联党组书记、老诗人骆文同志把我推荐给他，他皱着眉头对我说："我历来不同意把诗变成匕首和大炮。"我顿时觉得讨了个没趣，脸腾地红了。大概就是这一红，让他发现我还是一个朴实的来自山里的文学青年。他严峻的脸色和缓下来，并说了几句勉励的话，约我第二天单独去见他。大约谈过几次后，徐老发现"孺子可教也"，便对我说："我要花五年的时间，把你的文学观扭一扭，你先要读书补充知识，我给你开了一个书单，你按着这书单去读。"我接过一看，三分之二是外国的，第一部分从《荷马史诗》到但丁的《神曲》。中国的第一部是《楚辞》，第二部是《昭明文选》，大概有上百部。我心中不免暗暗叫苦，这么多书，五年岂可读完？后来证实，五年的确读不完，从 1982 年到 1989 年，我便在徐迟的指导下读书和写作。他规定，凡我的创作，不管长短，都要先给他看，他同意我拿出去发表才可寄出。我每有新作，就赶紧给他送去，他总是不紧不慢朝抽屉里一放，说："先放一放。"有时，他一放就是几个月，其间让我一改再改，他说："作品就像孩子一样，一定要养。"有时，为了一句话，甚至一个词，他都要帮我反复斟酌。经过长达七年的耳提面命，我的文学气质的确被他扭过来了。在徐迟那里，文学是一种理想，是一种情操，这一点，我已完全继承了下来。1992 年，我决定下海经商，徐迟乍一听这消息，气得不理我，大约有一年的时间不通音讯。后来，在一个朋友的斡旋下，他才同意见我。我对他说："我下海经商是离开文坛而不是离开文学。"他听后转怒为笑，答道："如此说，我就放心了，这文坛越来越让人失望，早就该离开了。"

三

人们形容时下的风气："能唱几首歌的都是歌星，漂亮一点的都是演员，个头儿高一点的都是模特儿，剩下的全是名人。"世风日下，徒唤奈何？其实不用骂别人，我自己也是一个不能免俗的人。譬如说，在上世纪 90 年代初全民经商，一棍子能打着三个总经理的年头里，我也气抖抖地加入了总经理的行列。不过，我下海也并非全部是自愿，其实有一些至今仍不能言说的理由，让我走上了这条路。

我下海经商的第一个项目是建造一座高尔夫球场。在朋友们的信任与怂恿下，我出任董事长。我当得很投入，每天脑子里所想的完全是同文学不搭界的事，其中既有刺激，也有挑战。我好胜心强，不愿意让朋友们笑我半路出家不懂商战。一年后，我的工作卓有成效，商界开始把我当成职业商人了，我自己亦树起了强盛的商业信心。但是，每当夜深人静，我发觉我的文人心态并没有改变。一个商人，如果拒绝"与狼共舞"，那他注定不能成功，至少在我经商的时候，这是一个规律。偏偏我讨厌这规律，我有《经商一年戏作》两首为证：

投身商海作遨游，又赚钱来又赚愁。
一个天生诗佛子，从来故意失荆州。

爱钱偏又爱清高，避席常因浊气豪。
还是去当闲士好，清风明月自逍遥。

这种心态的不可改变，决定我不可能当一名真正意义上的商人。下海第三年，我便产生了"不如归去"的想法。有商人朋友讥道："作家有什么好当的，你爬格子累死，又赚不了几个钱，这年头，谁还看书！"我把这种话视为对我人格的侮辱，我仍用诗回答：

> 一灯能灭千年暗，半卷诗书百代香。
>
> 商海漫言名士劫，人言萧瑟我轩昂。

四

1998 年，我终于上岸了。在商海六年，我不是一个失败者，我卸下总经理的职务是"自动退役"，而非仓皇出逃。我回到专业作家的岗位，除了不愿意"与狼共舞"这个因素，还有一个更重要的原因，就是我要抽出一段时间，潜心写作长篇历史小说《张居正》。

大约就在我 1992 年下海经商的同时，我开始对明朝万历年间的第一任首辅张居正产生了浓厚的兴趣。关于张居正这个历史人物的所有情况，已在我的其他文章中详尽论述过，所以不在这里复述。经商的六年，也是我研究明史的六年，在飞机上，在小车里，在床头，我不放过任何一点空闲，阅读有关典籍。当我决定要回到作家行列时，商界朋友说："你已过惯了宝马香车、纸醉金迷的商人生活，你还能沉下心来，去过那种寂然无味的文人生活吗？"

我回答："古卷青灯的生涯，乃人间至味。不是闲人，怎能品得出菜根之香？"

说到做到，我从董事长专乘的加长的凯迪拉克轿车里走出来，回到书斋独守寂寞，一坐就是五年。如今已把《张居正》前三卷写完，最后一卷正在写作之中，不久即可付梓。我当初下决心"十年磨一剑"，如今，这剑——属于我自己呕心沥血锻造的干将莫邪——不久就要问世了。

屈指算来，我已当了二十二年的专业作家，真的是弹指一挥间。在文学的道路上，我总是在自信与自卑两极中摇摆。与时下的才俊相比，我是老派人物。人过四十后，便以士大夫自居。今春，承《人民日报》文艺部邀请，我二游浙江天台山，赋诗一首，道得我当下的心境，抄录如下，权作本文结尾：

我本江城士大夫，琼台又到总踟蹰。

昔年秋暮看红叶，此日春深听鹧鸪。

霁月初升钟磬远，樵风暂歇老龙孤。

自从遁去寒山子，谁发清歌对碧芜。

岁暮的祈祷

欣闻在《楚天都市报》组织的 2005 年十大新闻人物的评选活动中，我荣幸地与航天英雄聂海胜、感动中国的全球医疗英雄桂希恩、当代愚公覃遵凤等九位在各自领域中做出了卓越贡献的英杰同时当选。获得这个消息时，我脑海里第一个念头是：感谢《楚天都市报》给了我这个机会，让我能够在海选的方式中同多年来一直支持我、鼓励我的读者们进行零距离的接触。对那些踊跃给我投票的支持者，我将永怀感恩之情，并将你们对我的信任与鞭策，化作我文学生涯中的永久动力。

非常遗憾，此刻，我远在冰天雪地中的加拿大多伦多，不能亲临颁奖现场。但是，我依然获得了如沐春风的感觉。

作为一名作家，我已在文学的长途中跋涉了三十多年。我花十年的心血写出的长篇历史小说《张居正》，是我个人文学生涯中的里程碑式的作品。此前，我虽然创作了数量不少的诗歌、散文和小说，但只有极少的作品能够感动读者。深究其中的原因，乃是在我最初的创作中，更多地从偏狭的个人感情出发，常常忽略了人民大众的喜好与关注。因此，这些作品很难准确地反映时代的思考与民族的忧患。通过《张居正》的写作，我才真正摆脱了摇摆不定的文学心态，并终于明白一部好的作品，不仅能客观地反映时代的精神风貌与民族的文化特质，而且必定会受到人民大众的欢迎。

2005年4月11日，我荣获第六届茅盾文学奖的消息公布后，有记者问我当时最想说的一句话，我说："你尊重了文学，文学就会尊重你。"今天，在这里，我仍想重复这句话。亲爱的朋友们，请接受我从万里之外向你们传递的岁暮的祝福，在祝福你们的时候，我最想对你们说的话是：文学是我实现人生理想的方式，在今后的创作中，我将会更加努力，争取写出更好的作品，来回报社会，回报那些喜爱我的作品的亲爱的读者。

雨果式的忧患

一

　　拙著《张居正》出版后，获得过一些好评。许多同道称赞我小说的成功得益于旧学功底。古典文学，无论小说散文，还是诗词歌赋，对于我来讲，都属"童子功"，在这一点上我还有些自信。但是，就小说的结构，也就是说讲故事的方式而言，尽管我使用了章回小说体，我仍要说《张居正》受到外国小说的影响颇大。有一次，我与《张居正》的责任编辑、长江文艺出版社社长周百义先生论及此事，我说在写作《张居正》的过程中，对我影响最大的作家是法国的雨果。他笑着回答说："你如今成功了，怎么说都可以。"言下之意，他不相信。我告诉他，雨果对我的影响是漫长的。

　　三十年前，我在县文化馆工作。那时，县文化馆与图书馆没有分家，全县藏书最丰富的地方，就是该县文化馆的图书室了。但这些藏书，因为牵扯到封、资、修，十之八九都不向读者开放，被束之高阁，积满尘垢。我因占了馆员职位之便宜，更因为馆长理解我的求知欲，便给了我一把书库的钥匙。每天一大早，我开门进库，带一瓶水、一个馒头（中间夹二分钱的咸菜）权充午餐，在书库里一泡一整天。

拿今天的眼光看，这小书库的藏书，可能还没有我个人的藏书多，但在当时，我像阿里巴巴找到了藏宝的山洞。有两年多时间，我独占了这间光线昏暗、蛛网蒙窗的书屋。

屋内的十几架书，中国古典文学居多，而外国文学有两三架，虽然不多，但都是经典。在那两三年里，我读了如下作品：陀思妥耶夫斯基的《罪与罚》，屠格涅夫的《猎人笔记》，果戈理的《死魂灵》，托尔斯泰的《战争与和平》《安娜·卡列尼娜》，小托尔斯泰的《苦难的历程》，大仲马的《基督山伯爵》《三个火枪手》，小仲马的《茶花女》，海明威的《老人与海》，狄更斯的《双城记》，肖洛霍夫的《静静的顿河》，乔万尼奥里的《斯巴达克斯》，显克微支的《十字军骑士》，等等。除以上所述，书屋里所藏的巴尔扎克与雨果这两位法国作家的作品最多，他们作品中所有的中译本几乎都胪列其中，而且，我也全部读完。

当然，除了小说外，还有戏剧、诗歌与散文，像荷马、但丁、莎士比亚、雪莱、拜伦、普希金、莱蒙托夫、济慈、裴多菲、波特莱尔与聂鲁达等等，我亦通读。这些耀眼的星座，亦曾照亮我文学的星空，但因我这篇文章以谈小说为主，所以，暂时不能顾及他们。

二

今年 10 月，我曾应中国海洋大学之邀，去青岛参加一次由科学家与作家组成的人文与科技的对话。在会上，有一位久负盛名的海洋物理学家、中国科学院院士刘先生直言不讳地说，他非常喜欢金庸的作品，他已把《金庸全集》通读了三遍，现正在读第四遍。

一个作家的全集，而不是某一部作品能够被人通读四遍，这个作家没有理由不自豪。对金庸的作品，文学界同人褒贬不一，但在世界范围内的华人社会中，金庸的武侠小说享有盛誉并经久不衰，这是不争的事实。

谈外国小说，忽然说起金庸来，似乎跑题了，其实并没有。我是由金庸想起了法国的大仲马，我记得第一次读他的代表作《基督山伯爵》，是在 1975 年的夏天。我不记得是怎样翻出这本书来的，加之我身处偏僻的山区县城，又非书香门第，所以也完全不知道大仲马何许人也，但当我拿起四本一套的《基督山伯爵》的第一本，读完第一章后，我就完全放不下手了。一天很快就过去了，书库里是不准开电灯的，为了防范，甚至连电线也剪掉了。但我还只是看了第一本的大半。眼看天黑，我心急如猫抓，馆长早就与我约法三章：我可以躲进书库看书，但绝不能把任何一本书携出门外。但书中曲折多变的情节紧紧抓住我的心，如果放下书本等到第二天再接着读，那天晚上我肯定会彻夜失眠。于是，我走出书屋硬着头皮找馆长，希望他允许我把《基督山伯爵》带回寝室里挑灯夜读。馆长一口回绝。我于是又提出折中方案：让我夜里待在书屋。他说书屋不准开电灯。我说想好了，我去借一把手电筒，买两节新电池。馆长终于答应，为了防盗，也为了掩人耳目，馆长把我送进书屋后，就在外面把门锁了。

斯时正值盛夏，窗户紧闭的书屋闷热如蒸笼，我进去不到五分钟就全身湿透。更有数不清的蚊虫永无休止地向我偷袭叮咬，但因为急于知道基督山伯爵的复仇结果，我已经对闷热与蚊虫叮咬没有感觉了。我撅亮手电筒，开始了愉悦的阅读。

我原本打算，读到某一处，也就是说某一个情节结束时，就放下书本眯一觉。但我的这一计划落空了。大仲马的小说，情节复杂多变，悬念迭起，不一口气读完，你就非常难受。大约天快亮时，我读完第二本，手电筒电池电量耗尽，我再也无法读下去，也无法眯一觉。我靠着书架，满脑子都是书中的人物与事件，并猜想在以后的篇章里，情节将如何发展……

多少年过去了，我还记得那个闷热的夏夜。此前，我也有过彻夜阅读的经历，那是我在农村当知识青年的时候。一个非常寒冷的冬夜，我在读线装本的《封神榜》。老实说，这本书是可以中途放下的，我之所以彻夜读它，是因为第二天我就要把这本书还给人家。这一夜的经历也很有趣，值得记述。那时乡村没有电灯，农民照明用梓油灯、松明灯、煤油灯三种。用煤油灯者，是人们羡慕的"贵族"，我拥有一盏煤油灯，所有的长夜便都温馨而幸福。那天读到半夜，没有了煤油，真正地油尽灯枯。我寻找解决的办法，发现了小半瓶菜油。我试着把菜油加一点到灯壶里，居然也能点亮灯捻，于是阅读又进行了下去。这一夜，《封神榜》是读完了，但其直接后果是，我半个月没有吃到一点油水。当时物资紧缺，农村中每人每月供应四两菜油，我拿来做了照明的灯油，就只能吃清水煮萝卜了。

两次彻底不眠的读书感受，就其本身的阅读快感而言，后者强于前者。

一部作品给人的阅读快感，因人而异。我想，《基督山伯爵》能让我手不释卷并产生如此之大的吸引力，一是因为在那万马齐喑的时代，整个民族都在文化沙漠中备受煎熬，我们无法读到纯粹的文学，二是因为大仲马不同于别的作家，他特别会讲故事。他的小说之所以引人入胜，是因为见山不是山，见水不是水。在这一点上，金庸先生与大仲马庶几近之。

三

年轻时不但是生命的花季，亦是文学的花季。可以说，我读过的小说，五分之四都是在三十岁之前完成的。我从十二岁就开始读小说，二十岁之前，主要是阅读苏联及新中国的小说，二十岁至三十岁这十年，阅读了大量外国名著。

我的青年时代，内心充满渴望与向往，而世界则显得呆板而冷酷。在这种世界里生活是极不愉快的，它压制了你的许多骚动，也扭曲了你的许多人性。但也有一个好处，你无法在现实中找到诱惑，你的时间不会被咖啡屋、美国大片、网球场、QQ与八卦新闻等奇异的小资文化分割成无法拼拢的碎片。那时节，你虽然拥有不了完整的白天，但至少拥有完整的夜晚。

大概从十五岁开始，我似乎将所有的夜晚都用在阅读上。古人云"书中自有黄金屋，书中自有颜如玉"，是"万般皆下品，唯有读书高"的注脚。照此读书，便有极端的功利性。我当时读如此之多的外国小说，并没有任何功利性的想法，我只是觉得阅读是一件快乐的事情。

我个人喜欢情节生动曲折的小说，而冗长的心理描写和节奏缓慢的叙述，会令我昏昏欲睡。青少年时代，我都是在故乡度过的，由于娱乐生活的缺乏，鼓书艺人成为受人欢迎的人。夏夜的禾场、冬夜的火塘边，都是鼓书艺人献技的地方，我听过他们绘声绘色讲述的《隋唐演义》《说岳全传》《粉桩楼》《大八义》等等，中国小说最早不叫小说，而称为话本。这话本，便是说书人的创作。而我故乡的人，管说书叫"讲传"。我不知道西方有没有"讲传"这个传统。但我知道，像《基督山伯爵》《斯巴达克斯》《十字军骑士》这一类小说，与中国的话本有异曲同工之妙。我之所以这样说，是因为我曾把这三部小说当作"传"讲给乡亲们听过。他们听得屏神静气，啧啧称奇。不止一次，乡亲们对我竖起大拇指赞道："洋传也好听。"农民的表述总是很精确，外国小说被他们称为"洋传"，雅而贴切。

至今，我写小说还保持了一个习惯，就是先把构思的情节讲给人听，如果听者被吸引，一再追问"下回如何分解"，则这情节是可行的，否则就要推倒重来。

电影与电视产生之后，给小说的传播增加了新的途径。这些年来，无论是西方的还是中国的小说名著，大部分都被改编成影视作品。小说再次成了"话本"，不过说书人的角色有了改变——导演和演员复活了"话本"的内容。

一个奇怪的现象是，有的小说被影视公司一改再改，似乎永远使人有兴趣。而另外一些小说则无法改变纸质的命运，影视投资商碰都不肯碰它们一下，这是因为它们的叙事性太差，不具备"话本"的性质。

当然，我并不认为被影视公司老板看中的小说就一定是好小说，反之，不适宜改编成影视剧的小说不一定就是差的小说。对小说的理解，仁者见仁，智者见智。每位小说家都有权利根据自身的美学追求来写自己的小说。每位作家都有自己的读者群，有的作家读者群很大，有的则很小。有人认为，通俗作家的读者群大而经典作家的读者群小。我不大同意这个说法。经典与通俗的分别，不在于受众的多寡，而在于小说中的叙事方式。把小说当作一本哲学书来读，是一件令人痛苦的事，但是通过小说的人物与情节让人悟到一点什么东西，则又另当别论了。

记得曾有人把金庸与鲁迅拿来做比较，并痛言如果金庸是文学大师，那鲁迅怎么办。此前，也有学者把大仲马与雨果拿来做比较，认为只要一读作品，两人的优劣便不言自明。这样的争论听多了，我便暗自庆幸，我年轻时幸亏不认识任何学问大师，否则，我恐怕终生都不会读到大仲马了。

我不排斥大仲马。同时，我也承认，雨果对我的影响更大。

四

读完一部小说，然后咀嚼它并理解它，是我二十八岁以后的事。二十八岁那年，我从县文化馆调到省作家协会当专业作家。就在这一年，我认识了作家徐迟。

自 1978 年发表《哥德巴赫猜想》之后，徐老又为李四光、周培源、蔡希陶等著名科学家立传，从而在中国文坛掀起了"徐迟旋风"。记得第一次见面时，徐老对我并没有表现出特别的好感。我想，这大约是他并不欣赏我的成名作政治抒情诗《请举起森林一般的手，制止！》的缘故。徐迟是一个抒情而浪漫的人，同时是一个唯美主义者，在他看来，诗、音乐与绘画天生丽质，最具美文的表现形式。而我的那首诗剑拔弩张，是愤怒的产物。他不大喜欢愤怒出诗人的说法。后来，他为我的诗集《瘠地上的樱桃》写序言，干脆挑明了说："我历来不同意把诗变成匕首和大炮"。

徐迟与我产生谈话的兴趣，是从《楚辞》开始。第二次见他时，他在住院，床边放了一套线装的《楚辞》。他问了我一个很怪的问题："魂一夕而九逝"这句诗，这个九逝究竟是不是实指？也就是说，人有没有可能一个晚上灵魂九次出窍。我回答说，此处的九，是多的意思。同时，九亦是阳极，与之相对的六，是阴极，灵魂出窍应该是至阴的事，怎么反而用了一个阳极的数字呢？这个九，肯定不是实指。老实说，这个回答有狡辩的味道，因为我虽然很早就背诵过《楚辞》中的许多篇章，但对每句诗的细微之处，并没有像徐老这样探微索隐。但是，正是这次谈话，却确定了我与徐迟的师生关系，他开始定时约我谈话了，并对我说："我要花五年的时间，把你改造一下。你现在虽然也在写作，写出的东西也能发表，但你不知道为何而写作，以及如何写作。"徐老的话很严厉，但年轻气盛的我，还是诚惶诚恐地接受了。这一来是因为他的盛名，二来是通过两次谈话，他深厚的西方文学修养已深深地使我折服。他给我定了一个庞大的学习计划，主要是外国文学。他开了一个书单，有近百部西方名著。打头的第一部，就是《荷马史诗》。我告诉他，这书单中的许多书，我都已读过。他听了很不高兴，责问："你都读懂了吗？"他说着从书架上抽出已经发黄的旧版《荷马史诗》，翻出一段来要我看，是描写盾牌的，占了几个页码。徐老说："人家荷马可以就一个简单的盾牌写出两百多行诗来，而且一点也不枯燥，这种想象力你有吗？没有你就要学习，研究人家的想象力是怎样产生的，而且能够在作品中恰当地表现出来。"这种责备对我无啻于一记棒喝，并让我开始汗颜。原来，我读过那么多作品，只是"看"，而并没有"读"，也就是说，我只是作为一个读者来消遣，而没有以作家的眼光来研究。

从此，我在徐老面前再也不敢随便说话，而是严格按他的要求读书。从 1982 年至 1986 年，只要在武汉，我每星期必有两个半天到徐老家里，向他汇报读书心得，然后听取他的指教。比之第一次躲在英山县文化馆的书库里读书的那两年，这第二次读书的五年，我倒真是读懂了许多作家的作品。比如雨果，徐迟让我非常认真地将他的《悲惨世界》《笑面人》《巴黎圣母院》各读两遍，从故事发生的历史背景、情节的设置、人物命运的纠葛、场景的合理运用、对话与叙述、隐性的主题与显性的故事等都做了细致的分析与探讨。

1988年，在经过数年的学习后，我产生了强烈的创作小说的冲动，我把这个想法告诉徐老，他说"你可以试试"。花了半年的时间，我写出了第一部十六万字的长篇小说《酒色财气》，这本书尽管也出版了，但毫无影响，甚至我在看出版社的三校样时，已自气馁，觉得没有出版的必要了。书还是印了出来，徐老看过后说："你这书没有写好，已不是文学修养的问题，而是你的生活不够丰富，你仿效雨果，但你没有经历雨果的坎坷与磨难，因此，你也不具备雨果式的忧患。"

怎样才能获得雨果式的忧患呢？徐老从要我读书发展到要我读人。这一点真是难住了我，因为我知道，有些事情是可遇而不可求的。

但是，在那以后的岁月中，上苍眷顾，让我得以有机会尝到过雨果式的曲折人生，并得以在广阔的社会生活中读各式各样的人，分析研究这些人，并进而研究由这些人组成的社会。不知不觉地，雨果式的忧患成为我生命中不可或缺的一部分。我的《张居正》，便是在这样的情形下产生的。

最后这一番话，表面上看与读书无关，其实与读书是相互关联的。如果没有漫长的阅读，使我的思想具有历史的沧桑感，分析和判断现实中的人和事，我就有可能发生谬误，而不能准确地把握这些人和事，分辨哪些可以变成文学，哪些则不能。

把想象还给孩子

去年，全国高考之后，应《美文》杂志社编辑之约，我对高考作文题做了一番评点。今年，该杂志社的编辑仍希望我对全国的高考作文题再谈一点看法，并传来了十八道题目，虽不是全部，但已看得出整体的倾向。

说实话，从培养孩子们理性思维的角度讲，这些作文题都具有积极的意义。且每一地域的兴奋点不一样，所出题目也各有旨趣。如首都谈文化，湖南谈意气，广东谈天使，天津谈愿景。一方水土养一方人，一方水土也养一方思维。浙江有意思，那地方盛产赚钱的"拼命三郎"，导致一些企业家英年早逝。所以，该省的作文是谈工作与休息的关系。虽然，从这些作文题中可以看出极强的地域性，但是，它们所隐含的思维倾向仍让我担心。

中国的传统文化特别讲求悟性，对知性的把握则表现得不那么热情。如果说亚里士多德、柏拉图可称为先知的话，老子、庄子则应视为先觉。先知与先觉是有区别的。先知重物理，由知而达到识；先觉重感受，由觉而达到悟。近一百年来，西方文化大行其道，愈来愈强调科学的重要性。这么一来，源于物理的知识成了强势文化，于今已达到"唯我独尊"的境地，而源于感受的觉悟，则愈来愈显得不合时宜。在精神的海洋中，随处可见知者的航母，而智者的风帆，已成为孤独的远影了。

我们一年一度的作文题，大都没有逃出重知轻智的藩篱。培养孩子的思辨能力，让他们在逻辑的演绎中建立理性的精神结构，这原也无可厚非。世俗的生活，必须以物质生活为基础，而物质生活的高度发达，正是科学技术带来的福祉。但是，这样的教学，只能让孩子学到知识而无法获得智慧。因为，构成我们作文命题者的基本的概念化要素，是人世的经验而非精神的异禀，是俗世的判断而非心灵的"实在"。

这是一个两难的问题。所有的果农都知道，他们不可能心想事成，让一棵树上所有的苹果都长得一模一样。但是，我们的应试教育给予孩子们的自由想象的空间，已是越来越小了。我们所见到的大部分作文题，都显得呆板。让孩子们搜肠刮肚地去论述某一个道理，这实在不是一件快乐的事。孔夫子的"寓教于乐"和"因人施教"的智慧思想，在我们的作文题中并没有很好地体现。

既然有数理化让孩子们从中学习逻辑和经验，我们的语文，为什么不可以和数理化区别开来，让孩子们从中感悟而不是推理生活呢？从这一点出发，像上海的"我想握着你的手"这样的题目，尽管小资，但毕竟给学生留下了较大的想象空间。

把轻松还给心灵，把想象还给孩子，这也应该算是一项希望工程吧。

读一读大学的表情

前不久，与一位朋友回到母校，我们都是在上世纪80年代毕业于这所名校。我的朋友离校二十多年奋斗至今，已是国内有名的金融家。我们走进校园。在樱花道上、在樟木林里、在图书馆中、在逸夫楼前，看到或读书或漫步的学生们，朋友禁不住发出感叹："怎么现在这些学生的面部表情都这么冷漠，这么困惑，我们当年哪是这样！"

朋友的话引起了我深深的思考。

上世纪80年代的大学生们，他们的面部表情是什么样的呢？快乐、坚定，脸上浮漾的是勃勃的生气，眼瞳中闪耀的是对未来的渴望。此种表情，完全可以套用毛主席的词句："恰同学少年，风华正茂；书生意气，挥斥方遒。指点江山，激扬文字，粪土当年万户侯。"

二十多年，应是两代人的概念。为何上一代的大学生快乐而坚定，这一代的大学生冷漠而困惑呢？这二十多年，恰是中国最好的一段时光,自小平同志倡导改革开放以来,中国已从一个贫穷、落后、闭关自守的国度迅速变成一个丰富、和谐、生机盎然的国度。学生的表情即是学校的表情,为何我们的大学生的表情,同整个中国的既充满自信又充满渴望的表情不那么一致呢?

是学生错了,还是学校错了?是学校错了,还是教育风气错了?是教育风气错了,还是现行的教育体制出了偏差?

1977 年,小平同志做出决策恢复高考。一年三届,即 1977、1978、1979 三级的大部分学生,入校之前,几乎都有着忧患人生。丰富而曲折的人生阅历,保证他们学习热情不会消退。这种学习不仅专业,而且社会;不仅顺从,而且叛逆;不仅吸纳,而且思考。正因为这样的海纳百川式的学习,保证了以老三届为龙头的 80 年代的大学生们,一旦完成学业走出校园,立刻就成为社会的中坚力量,成为改革大业的生力军。今天,各个行业,无论是政界、商界还是学术界,都是这帮人在挑大梁。

二十多年前,中国是一个人心思变的时代,大学生们渴望改变的,不仅仅是自己的人生,更是国家的命运。现在,中国似乎进入了一个人心思富的时代,置身其中的大学生们,对财富的渴望超过了一切。这不由得让我想起了一个故事。我有一个老乡,1977 年恢复高考时,他已三十五岁,早已成家立业,有了两个孩子。他仅靠当一个民办教师微薄的收入来养活一家人。但改变自己的渴望让他参加了高考。几个月后，他收到入学通知书。他的成绩本可以考取名牌大学，但他立志当一名教师。他没有钱买车票到学校报到，便挑着简单的行李，提前十天走几百里路到省城。他舍不得穿妻子为他赶制的布鞋，只穿着自己编织的草鞋，走上崭新的生命之旅。穿烂了五双草鞋，他走到了学校。四年后毕业，他本可以留在省城，但毅然决定回到家乡，在乡村的中学里当一名英文教师。这种选择不能保证他过上优越的生活，但却能保证他实现自己的理想。在乡村中学当了一年老师后，他发现了一名比他当年还要贫困的学生，父亲早亡，母亲瘫痪在床，妹妹智障。这孩子几度想放弃念书，要回家务农养活母亲和妹妹。但是，那位英文教师发现了他的念书的才能，于是从自己有限的工资收入中挤出钱来帮助他，并发动募捐。那位学生终于以优异的成绩考取了一所名牌大学。三年后，这孩子提前完成大学本科学业并获得美国一所著名大学的奖学金。如今，他已成了美国的移民大律师，在洛杉矶、费城以及夏威夷都开有自己的律师事务所。许多移民美国的华人都得到过他的帮助。几年前，他回到家乡感谢帮助过他的老师们，并捐建了一所希望小学。而他的班主任，那位穿草鞋上学的大学生，早已退休在家享受天伦之乐。

像这两个 80 年代大学生的故事，说明了一个主题：学习的动力来自回报，回报社会，回报亲人。我想，二十多年前的大学生们，最可贵的一点，就是懂得学习是为了更好地承担社会的责任。怀着神圣的忧患进入校园，怀着感恩的心情努力学习。所以，他们的成功既是教育的成功，也是社会的成功。

反观现在，大学生们没有他们的上一辈那样拥有健康的心态及宽阔的视野。尽管他们也认真学习，但学习的动力是为了应付考试。中国的孩子们，从幼儿园开始一直到大学，一直在忙于考试，他们几乎成了考试的机器、分数的奴隶。这种填鸭式的教育，对孩子们来说，不是启迪，而是压抑，不是快乐，而是郁闷。因此，当代大学里的教育机制充满了功利性。这是一种非常危险的倾向，但我们不能据此批判年轻的学子。固然他们的心灵不够坚强，甚至很脆弱，但急功近利的教育模式以及疏远心灵而强调专业的教育方法，他们只能服从而不能反抗，否则就会被甩下时代的列车。这种教育无法培养孩子的美感，洞开他们的心智，其后果是孩子们能知而不能行。也就是说，讲起来头头是道，动手做事的能力却极差。长此下去，我真担心在这种教育模式下，现在的年轻人会成为"垮掉的一代"。

读学生的表情就是读大学的表情，读大学的表情就是读未来的表情。为了让中国拥有一个充满希望的未来，让每一个大学生毕业后不但能够胜任本职工作，而且能够承担建设社会的责任，我们有必要反思时下的教育体制，让大学生的表情重新明朗与健康起来。

你愿意三伏天穿棉袄吗？

我虽然是一名作家，以写作为职业，但自离开学校之后，就很少做过命题作文。偶尔做过几次，那情形犹如让一个坚持多年的素食主义者吃大块的肥肉，不但心理上有负担，就是身体上也排斥。

但是，中国的读书人，不管是初中生、高中生、大学生还是研究生，也不管是过去的、现在的还是未来的，似乎都必须过命题作文这一关。如果每一位读书人，不管是年少的、年轻的、年长的还是年老的，真心真意地表一个态，问他喜不喜欢做命题作文，大多数恐怕都会说不喜欢。如果问到我，我会反问："你愿意三伏天穿棉袄吗？"

命题作文的难堪在于，它是为所有人出的题目，看似公平，其实不公平。假如这题目是"举例说明羊肉泡馍的美妙"，陕西人可以从容道来，如数家珍，而不知羊肉泡馍为何物的上海人，除了瞠目结舌，他还能怎样？

假如这题目换成"谈谈你被狗咬过的感受"，时下的学生们，不管被狗咬过还是没咬过，都会说："早晨上学，在路上不小心被狗咬了，于是赶紧跑到就近的医院，打了一针狂犬疫苗。"他说错了吗？没错，但这不是感受，而是自救措施。

也许有人会说，今年全国各地的高考作文题，不算是完全的命题作文，它们启发学生们思考某一问题，有一定的灵活性。

大约是跑步进入知识时代的缘故，整个社会都开始注重智力的培养。窃观世象，我们的学校对孩子们智力的培养，似乎就是注重逻辑思维的训练，亦即孩子们的思考能力。我不能说这一点错了，孩子们有了思想，就不会盲从。这是百年树人的大计，怎么会有错呢？但其中仍有错处，就是让孩子们思考他们不愿意思考的问题，或者说他们不可能思考甚至无法思考的问题。就说今年的高考作文题吧，位置与价值也好，筷子也好，凤头猪肚也好，"入乎其内，出乎其外"也好，以学生们单纯的经历，怎么可能去思索这样一些与他们的生活相去甚远的话题呢？

中国有讲理的传统，古人的所谓讲学，其实就是讲理。就说孔夫子创立的儒家学说，到汉朝董仲舒为一变，到宋朝的朱熹，又是一变，到了明朝的王阳明，变得更厉害。一两个字的歧义，成了千古公案；一个观点的诠释，成了独步士林的学问。有一个词叫"皓首穷经"，说的就是中国读书人做学问的境遇。

如果为一门经邦济世的大学问或一个推动人类文明进步的科技领域而奋斗终生，纵然熬得白发三千丈，也非常值得。但可悲的是，许多人皓首穷经而做出的学问，实则是钻牛角尖，是玄而又玄，于苍生无补。

古代科举的所谓策试，就是讲理。讲到后来成了固定格式的八股文，多少人深受其害。目下这些高考作文题，亦有这种倾向，让孩子们"坐而论道"，这与"知行合一"的教育宗旨相去甚远。

让孩子们不仅要懂得做人的道理，更要有做事的勇气，这才是正确的教育方法。根据这一理念，我拟了两道作文题：一、你为什么喜欢吃美国的肯德基而不喜欢中国的传统小吃？二、你与你的两个同伴在旅途中遭遇山体滑坡，陷入绝境，你们三个人加起来只有一瓶矿泉水、一包饼干，却要维持五天，你们将如何求生？

谁让它一直痛楚？

　　任何一个民族，都有自己的利益诉求与感情记忆。利益诉求多半体现在国家的发展与安全上，乃理智使然；而感情记忆，无论是仇恨还是感恩，都是本民族人民的一种本能的选择。

　　还有几天，就是中国人民抗战胜利六十周年的纪念日。我想写一篇短文，刚一提笔，上面这段话便浮出脑海。促使我想起这段话的，不但有国恨，还有家仇。

　　六十六年前，我的二十二岁的父亲和二十岁的母亲结为夫妻。就在他们的新婚之夜，日本侵略者的飞机就呼啸着飞临我的故乡小县城的上空。县城的居民，纷纷逃离家园。我的父母甚至来不及在洞房里喝一杯喜酒，就慌忙带了一点干粮和几件换洗的衣服，加入逃难者的行列。十几天后，他们回到县城，发现家园成了一片废墟。一颗炸弹，不偏不斜正好落在他们洞房的中央。房子碎了，新漆的家具碎了，水缸碎了，碗碎了，他们对婚后生活的所有憧憬，也全都碎了。

回到故园的乡邻们，看着一具具烧焦的尸首，看着被轮奸以后又用刺刀刺死的少女，看着满地的弹片与瓦砾，看着一堵堵败壁残垣，心，也全都碎了。

千秋万代的善良的中国母亲们，都隐忍而仁慈，把深刻的痛苦隐藏在浅浅的微笑中。她们是天生的爱的传递者，她们希望自己的孩子幸福，因此也希望他们懂得更多的爱。但是，我的母亲尽管有着深厚的爱心，却对六十六年前所经历的那一场浩劫，永远也不肯原谅。

儿时，母亲带我看了她的被炸碎的洞房的原址，在一个池塘边，旁边有几棵梧桐树。由于无力修复房子，那里已成了菜园。

年纪稍长，当我有了人生历练和历史知识之后，母亲传给我的仇恨的记忆，不但没有在岁月中风化，反而像卡在喉间的一块骨头，刺着我的灵魂，让它一直痛楚。

当我即将进入知天命之年的时候，我悟到做人的三项准则：爱、宽容、敬畏。我以此来对待历史，对待社会，对待周围的人们，我感到我的生活和谐而充实。但是，我却不能用这三点来对待当下日本的执政者，或者说活跃在日本政坛的右翼分子。因为他们无视日本军国主义者六十多年前在中国犯下的滔天罪行，他们尽量粉饰那段侵略的历史，甚至将那些十恶不赦的战争罪犯夸饰成大和民族的英雄。

数年前，我去过一次日本，曾路过靖国神社，一想到东条英机、山本五十六这些给中国人民带来一场浩劫的人的灵牌供奉其中，我就血脉偾张，恨不能学董存瑞，抱着一个炸药包冲进去。

一个民族的感情创伤，非常难以愈合。如果还不停地给这创口上撒盐，创口就必将绵绵无尽期地溃烂下去。在结束这篇短文的时候，我想说一句，如果一个人或者一个政体执迷不悟地为历史上曾发生过的兽行辩护，那么这个人、这个政体，一定还存有兽心。

说企业家

今年 6 月，我和一位朋友在深圳探讨一个问题：对于一个公司来讲，制定一个好的规章制度和选择一个好的总经理，两者之间，哪个更重要？朋友的回答是选择一个好的总经理。朋友信奉精英文化，他感到现在管理层的一些领导者没有领袖的魅力，对被管理者缺乏号召力和凝聚力。

我得承认朋友的观点是对的，不单是我们中华民族，就是整个人类，都存在图腾崇拜这么一种文化基因。在漫长的历史中，我们所说的领袖魅力通常是指那些管理国家的政治家的魅力。他们的魅力来自他们的气质、素养、超人的才智和人格的力量。具备这种素质的还有那些伟大的思想家、科学家和艺术家，他们生命的光辉点亮了一代又一代人的理想之火。

比起政治家、思想家、科学家和艺术家来，在人类已经发生的历史中，企业家简直不值一提，特别是二次世界大战之前，甚至连"企业家"这个词都没有出现，只有商人。而且，不管是东方还是西方，对商人都是排斥的。他们往往是吝啬、贪婪、唯利是图的代名词。义与利，是两个截然对立的矛盾体。我们所说的领袖的魅力，皆由一个"义"字产生，而商人的历史地位的尴尬，则是因为他们奋斗的目的在于那个"利"字。

商人没有道德优越感，那么，从商人手中接过接力棒，继续发扬商业文化的企业家们，他们在历史中存在的价值是否与他们创造的财富等值呢？

20世纪中期，随着科学技术的迅速发展，许多巨大的国际性财团相继出现，企业家作为一个阶层，才算正式登上了历史的舞台。在中国，这一历史进程又推迟了几十年，到了80年代后期，企业家才渐渐得到公众的承认。

但是，严格地讲，中国的企业家阶层还没有形成。这个阶层对经济的发展、社会的稳定与繁荣、科技事业的推动均可以产生巨大的影响力。在中国，企业家阶层对上述各方面的影响力很小，甚至微不足道。这有社会的原因，也有企业家本身的原因。

由于整个社会的热点转移到经济领域，企业家也就格外地引起社会的关注。这使企业家们一下子跌进另一个新的尴尬。在中国的市场经济过渡的转型期，旧的文化传统、价值观念、法律规章等都已失去了或正在失去其社会效用，而新的尚没有建立起来。在这新旧交替的混沌时期，企业家的舞台非常混乱，企业家队伍的构成也非常混乱。

现在，只要一经商，皆可获得一顶"企业家"的桂冠。我认为这是极不严肃的。企业家作为一个跨世纪的新型文化代表，绝不能与旧日的商人相提并论。他们必须是一群新的文化精英，对整个社会和历史的发展承担责任。

改革开放以来，比较明显的下海浪潮共有三次。第一次是20世纪80年代初，下海者主要是一些城市游民，无固定职业者，这批人主要是"个体户"。第二次是80年代中期，这批人多被称为"倒爷"，常常创造出一夜间就可暴富的"经济奇迹"。第三次是90年代，这批下海者以知识分子居多，其主要特征就是体现了"知识就是生产力"。社会上通常称这批人为"儒商"。

我觉得从儒到商，反映了中国知识分子对中国改革开放的参与意识，这种社会角色的出现，对我们社会的改革，对我们整个市场体系的建立，有很重要的意义。这批儒商的出现，有其自身的特征。首先是这一批人，在过去二十余年的改革中，已经对中国的国情、中国的现状和中国的未来，有很多深层次的思考，有很多理性的认识。其次，他们以这种角色来参与社会活动，给自己的职业赋予一种历史使命感。因此，这批儒商已具备了中国企业家阶层的雏形，但还不是真正意义上的企业家。

21世纪初，活跃在中国经济舞台上并卓有建树者，都是四十岁左右的人。这样一批人，多是知青出身。他们经历了共和国诞生后的种种苦难，无论是政治的还是经济的。因此，可以说是先天发育不良，后天营养不足。但是，正因为"阅尽人间兴废"，饱尝生活的艰辛和精神的折磨，他们才获得了百折不挠的进取心和弥久弥深的爱国主义激情。国家要强大，首先要有强盛的经济作为保障。这批人投身实业，下海经商，便是出于这种历史的责任感。当然，还有他们引以为骄傲的道德上的优越感。知青一代，也就是20世纪中国的第三代知识分子，已经成长为中国社会的中坚力量。正是在这一代人中，诞生了不少优秀的企业家。现在，已经有人评论，儒商是中国20世纪第三代知识分子共同的价值取向，并由这一群人构成中国精英文化的主体。

在这种新旧经济体制交替的转型期，来自旧体制的干扰，往往会遏制企业家创造的激情。中国是一个充满人情味的礼俗社会，因此，与各种掌权者有着千丝万缕联系的人被认为人际关系良好，对于经商者而言，这是一笔肮脏的无形资产或资源，这种资源的利用与开发，实际上是对国家机器的腐蚀。将国家赋予的权力转化为个人资本，说得严重一点，这就是"窃国大盗"，是任何一个国家都不可能容忍的腐败。一代儒商，对这种腐败现象深恶痛绝。痛恨之余，我们更深切地感到，健全法制，尽快地建立适应市场经济的规章制度是多么重要。

基于以上的考虑，我才向朋友提出本文开头的那个问题。我认为，中国改革开放到现阶段，大至国家，小至一个公司，当务之急，是制定一个好的规章制度，也就是大家共同遵守的游戏规则。不然，我们的社会空间（当然也包括商业空间）将永远无法结束这种无序的混乱状态，"知识就是生产力"也只能是一句空话，而中国企业家阶层的出现，也只能是一个遥远而又模糊的梦。

从无序到有序，这是任何一个事物发展的必然过程，但转化过程的长短，却是可以人为控制的。四十岁左右的儒商，是中国第一代有着现代意义的准企业家。而真正的大企业家，也就是说对中国未来的政治与经济产生重大影响的人，可能会在正在登台的三十岁人中产生。

中国需要儒商

近几年出了一个词叫"儒商"，顾名思义，就是有知识的商人。这是因为 20 世纪 90 年代初期有一批知识分子下海经商，"儒商"一词便应运而生了。

中国古代，有按地域划分的晋商、闽商和徽商等，有按行业划分的盐商、布商、钱商和珠宝商等，亦有按性质划分的官商和民商，却是不曾见到儒商。古时候，儒和商是不可能合二为一的。士农工商四大阶层，士为首而商为末，读书人是瞧不起商人的。现在，事情翻了个儿，商人瞧不起读书人了。有句话说，"有钱就是英雄汉"，意思是有钱人都吃得开。其实这也不一定，历史上有个人，统一了天下的朱元璋，就不把有钱人放在眼里。岂止是不放在眼里，简直是必欲除之而后快呢。江南首富沈万山斥巨资帮朱元璋修了一大圈南京都城的城墙，朱元璋还是把他流放到云南，让他生而不能还乡。但是，不爱钱的皇帝毕竟很少很少。"有钱能使鬼推磨",这是一句古语。先读书,后当官,这走的是科举之路;先赚钱,后当官,这走的是捐官之路。花钱买,比之十年寒窗委实要轻松得多。所以,只要有钱,岂止是可以买鬼来推磨,就连皇帝也是可以买来推磨的。

"儒"和"商",无论是从生存状态还是价值取向,都存在着根本的差别。孔夫子说:"君子喻于义,小人喻于利。"他把"士"也就是知识分子当成君子,而把追求利润的商人看成小人。我不知道,这位孔圣人为什么对商人抱有这样辛辣的偏见。圣人的话,句句都是真理。因此孔子之后的中国人大多把商人作为贬斥的对象。"商人重利轻别离",白居易这么说还算是轻的。"铜臭熏天"这四个字,新中国成立前读过两年私塾的人,多会拿它来骂人。据我考证,英国的大剧作家莎士比亚没有读过孔子的书,但他写的《威尼斯商人》,也对商人的刻薄和贪婪做了充分的揭露。可见,重"儒"轻"商",并不仅仅是我们中国人的专利。

"儒"和"商",虽然还算不上不共戴天,但至少形同陌路。人们喜爱钱,却又讨厌商人,这实在是一个讲不通的道理。"利之所至,士必趋之",这说明知识分子也是爱钱的。但是,你若让他放弃功名去当商人,打死他也不肯。至于得了一官半职之后,一些商人登门送礼,则是可以心安理得地笑纳的。宁可受贿也绝不"自己动手，丰衣足食"，中国的官僚阶层，历来免不了有腐败分子。

中国的"士"，指的是知识分子，但在"士"的左边添一个人，就成了"仕"，就变成官员了。"学而优则仕"，读书读得好就能当官。当了官，就能为社稷谋划，为人民服务。当然，也能贪污受贿，光宗耀祖。商人赚钱再多，却是不能光宗耀祖的。优秀的知识分子可以当官，可以发财。所以，童蒙课本上便有了"书中自有黄金屋，书中自有颜如玉"这样的教导。

若加分析，古代之商和今日之商是有区别的。士农工商，这里的商，是专指做买卖的。今日之商，泛指一切经济活动。资本主义的一大功劳，就是把农业社会改造成了工商社会。在这种社会形态之中，工商界人士成了社会的主体。世界上所有的国家，都有了贸易部和中央银行，这在一百年前，几乎是不可想象的。在中国，哪怕最为偏僻的县城小镇，也会挂出几家公司的牌子，这在二十年前，也是绝无可能的。关贸总协定、世界银行、联合国粮农组织及欧佩克，这些世界性的经济机构，自从闯进我们生活的那一天开始，就成为社会的不可或缺的支配力量，发挥着越来越重要的作用。而像欧盟、亚太经合组织、东盟、北美贸易区甚至非统这样的地区政府合作机构，也都变成了万众瞩目的经济论坛。各国首脑在这些论坛聚会一次，经济地震就会爆发一次。在这种变化之中，在经济问题已成为国际事务轴心的时候，人们的价值观念产生了剧变。经济类的大学与学科雨后春笋般涌现，哈佛大学的商学院成为各国的莘莘学子仰慕的圣地。这种变化在中国来得迟一些，但并不太迟。愈迟则愈速，不但迎头赶上，而且有大步超越的势头了。

从以"仕"为本到以"商"为荣，中国的知识分子，在邓小平倡导改革的这短短的三十年间，就完成了三千年的跨越。孔夫子若活到今天，一定不会死抱他的"学而优则仕"的教条，他会创造性发展他的儒家理论，在《人民日报》上发表重要社论，题目是：学而优则商。

"儒商"一词，便是在这样的背景下产生的。听说有一篇文章说世界上有两种人最会做生意，一是犹太人，一是中国人。这个我不敢苟同。如果换一句话说，世界上最大的生意人是犹太人，而中国人中则盛产小生意人，这我就会同意了。在中国的街头巷尾、酒店茶楼，常会听到这样的议论："这个人，小算盘打得才精。"擅长打小算盘，这是中国人的特点，从文化角度看，也算是不折不扣的"国粹"了。

说到底，打小算盘还是一种农民意识，是"小富即安"思想的体现。当然，也同这些商人不是"儒"有关系。儒家襟抱，气吞如虎，儒家讲究的是兼济天下。儒家学问培植的是经邦济世之才，"经济"一词，便是这么产生的。中国把知识分子算作"儒"，便是希望知识分子都成为经邦济世之才。在战乱年代，"儒"为侠客，为战士，为三军之帅；在太平盛世，"儒"为良吏，为干臣，为父母之官；进入工商社会，"儒"则可仕可商，理所当然地应该产生一批批市场精英，在经济战场上风云际会，笑傲王侯。

所以，儒商的出现，乃是社会的一大进步。进入信息时代、高科技时代，全球经济一体化的进程加快，不是"儒"，你还没有经商的资格了呢。货币贬值，贸易赤字，通货紧缩，机会成本，诸如此类词语，若深入进去，都是皓首穷经的学问，不懂得这些，不要说当商人，就是当一个现代人，也是没有资格的。

历几千年的经验，人们的思维基本形成这样的定式：商与金钱、与财富是紧密相连的。无商不富，追求财富是人类的本性，只不过获得财富的手段不同。暴力攫取财富，这是人类早期的野蛮行径；权力转化为财富，这是人类中期人治的表现；知识转化为财富，这是人类现代文明的结晶。唯有理性的社会，法治社会，儒商才有可能大批涌现。也唯有儒商的大批涌现，人类的财富才可能呈几何级数增加。

但是，需要在这里说明的是，儒商虽然是现代知识分子的精英，并不等于说知识分子中的精英都去当了商人。我也无意怂恿所有的专家学者都加入商人的行列，让陈景润改行去当券商，这无异于硬逼着一个大老爷们怀孕，是有悖常理的事。

我不敢戴"商儒"的帽子

　　1992 年，我以专业作家的身份下海，故好事者常以"儒商"誉之。每到这时候，我就感到莫名的尴尬。虽然，我在《中国需要儒商》一文中，对儒商大加赞扬，但临到我自己头上，却又是另外一回事了。我是在上世纪 90 年代初，在文人下海的大潮中怀着荆轲式的"风萧萧兮易水寒，壮士一去兮不复还"的悲壮心情，告别文坛而投身商海的，虽然赚钱不多，但感慨不少。

　　下海头两年，人家称我为儒商，我哼哼唧唧，不置可否。因为你毕竟坐上了加长的凯迪拉克轿车。朋友们单看这个，就断定你是一个成功者，却不知这是"打肿脸充胖子"，个中蹊跷，不好在这里道破。两年之后，我比较明晰地看到自己并非商业奇才。虽然能赚一点小钱，却做不下富甲天下的霸业，因此就不再想唱荆轲式的"壮士歌"，而改唱李太白的"蜀道难"了。最重要的，由于我固守了二十多年的文人传统无法改掉，故在商人堆里总有些不自在，这好比一个人坐在一群猴子中或一只猴子闯进一群人里，有那种"物不类聚"的尴尬。

"洛阳虽好不如家"，我动了回到文坛的念头。但一经与过去的文友们相聚，我就知道文坛我也回不去了，毕竟接受了几年商业生活的改造，对文坛上的门户之见、鸡肠狗肚的小家子气，也很不习惯了。因此我便过起了两头都挂着，或者说两头都挂不住的"两栖人"的生活。

这时候，人们再称我为儒商，我就会对他们说："不对，我不是儒商，而应该是商儒。"

顾名思义，儒商是知识分子商人，那么商儒呢，就应该是做点小生意的知识分子了。所不同的是，前者重在商而后者重在儒。

我最初说出"商儒"这个词，是在和老作家徐迟的一次谈话中。当徐迟问我怎么处理商业与文学的关系时，我说："儒商是把学来的知识用于赚钱，而我却是想把赚来的钱用于文学。这么说，我不是儒商而应该是商儒了。"

"商儒，这提法很新颖。"徐迟说，"你还可以把这概念进一步拓展，隐于商的文人，可以称作商儒，专事研究经济学问的人，也是商儒。"

"这么说，马克思是最大的商儒了，他的《资本论》是一部彻头彻尾的经济著作。"

"可以这样说，马克思是一位商儒，每年获诺贝尔奖的经济学家，都是最成功的商儒。"

这次谈话又让我气馁。创造"商儒"一词并用来标榜自己，我还颇以为得意。但是，一想到马克思他老人家可以称作商儒，亚当·斯密、凯恩斯等也是商儒，看看书架上他们的著作，我立刻就无地自容了。

有巴菲特、比尔·盖茨在前，我不敢当儒商。有马克思、凯恩斯在前，我又不能妄称商儒。那么，我究竟算是什么呢？好在商儒的解释有三种，既然这一种解释我占不了便宜，且换下一种：做点小生意的文化人。这种人在中国倒真是不少。三个郁郁不得志或者好高骛远的读书人凑到一起，一家公司就诞生了。中国是个生育能力极其旺盛的国家，不但会生人，就是蚊子、盗匪、公司之类，也统统是一窝一窝地生下来。很不幸，做小生意的文化人所开的公司，在这一窝一窝的公司中占了很大比例。这还不包括那些未婚先孕和生下来没上户口的黑孩子。他们无一例外地都在做着一个鸡蛋变成一座养鸡场的美梦。但过不多久，美丽的肥皂泡照旧一个一个地破灭。这一类人如果都可称作商儒，商儒便成了悲剧的代名词了。四十多岁的人了，让我再去演悲剧的主角，我是万万不干的。那么，这第二种解释，只能放在一边了。第三种解释：隐于商的文化人。古人云："小隐在山林，大隐于市朝。"说这句话的人，是世界上最最伟大的预言家，因为，他已预计到今日的城市中，有最好的美食城和娱乐城，有名车如流，有仕女如花，有卫星转播的足球赛，有绿草如茵的高尔夫球场，"隐"在这样的城市中，不是人间的仙人又是什么？但是，且慢，城市中这么多美好的东西，你凭什么去享受？钱！不错，是钱！但你若不能精心地策划抢银行而不致犯罪，你就得去把维持自己消费的钱赚回来。一谈到赚钱，你又得经商了，说到底，大隐于城市便是大隐于商。

　　想来想去，商儒的第三种解释和我的实际靠得稍拢一点，充其量，我是一个隐于商的文化人。以商儒自诩，也没有什么不对的地方。但一想到，一个不入流的小商人和一个天才的经济学家共戴一顶"商儒"的帽子，那这帽子，我是无论如何也不敢往自己头上戴了。

文化杂谈四题

一方文化养一方人

常言道，一方水土养一方人，换言之，一方文化也养育一方人。我曾说过，长江流域的文化可分为三种形态。三峡之上的上游，是巴蜀文化；三峡至江西孤山这一段，是长江中游，乃荆楚文化；自安徽而下至上海，为长江下游，对应的是吴越文化。

这三种文化有相同之处，但更多的是不同。巴蜀得源头之清，发而为天籁，故那里的人，散淡而有追求，幽默而不刻薄。下游的吴越，尽得水利，故彼处的苍生，在谨慎中求优雅，于勤奋中得自适。散淡而又幽默的人，神闲心静，爱财富更爱安逸的生活。故巴蜀之地，郊野多灵异山水，城市多酒肆茶楼。女孩儿眉眼生动，爷们儿怡然自乐。谨慎而又勤劳的人，有意无意，都在培植温良恭俭的乡风。故此处，多士大夫，多艺术家。自南宋之后，引领生活潮流者，多半产自吴越。到那里一走，盈耳的吴侬软语，会让你想起"未老莫还乡，还乡须断肠"的诗句。

比之巴蜀和吴越，荆楚地方的人，便显得霸气有余而矜持不足，亢奋尤多却敬畏较少。这也是地理使然。在上游，长江不疾不徐，故有诗人吟唱"蜀江水碧蜀山青"，七个字，就勾画出一个天府之国的妙处。在下游，长江也很从容，同彼处的女子一样，感情收束而不泛滥，故有《春江花月夜》那样的绝唱。唯独在中游，长江野性十足，历史中有"万里长江险在荆江"之说。虽然李白在这里留下"千里江陵一日还"的豪唱，终究缺了"胜似闲庭信步"的雅致。在上游，长江如少女，一颦一笑楚楚动人；在下游，长江像少妇，一动一静顾盼生姿；在中游，长江就像狠婆娘，呛你、辣你，叫你无法悠闲，也无法优雅。

大海里生长捕鲸的勇士，荆楚大地生长狂人。人与水和谐，人幸福水更妩媚；人与水斗法，人辛苦水更放肆。长此以往，代代相续，文化的品格便不知不觉地形成。这种文化上的选择，并非由自己做主。

鄂 与 楚

用测字来预卜人的祸福，是中国古代方术的一种。科技高度发展的今日，此术虽已式微，但尚未绝迹。日前，听到一则故事，说有人测了"鄂"字，左上为两"口"，左下为一个"亏"字，右边为"耳"旁，意谓两张嘴说话，只有一只耳朵听，这样一种情势，当事者岂不吃亏？

汉之前，就有"鄂渚"之说。今日的鄂州，即汉之鄂县。三国时期孙权曾建都于此，改鄂县为武昌，取"以武而昌"之意。但把整个湖北简称为鄂，历史并不久远。此前如唐李白酒隐安陆，蹉跎十年，他认为自己是湖北佬，故吟唱"我本楚狂人，凤歌笑孔丘"。稍后的杜甫，自四川买舟而下，出南津关后，吟唱"楚地阔无边，苍茫万顷连"。两人均称湖北为楚。明朝初建，朱元璋袭元之制，不称省而称道，全国共有十三道，湖北属于湖广道。这湖广实指湖北与湖南，与广东广西毫无关涉，但不知为何不叫"两湖道"而称"湖广道"。明朝二百多年，湖北湖南是一个省，但长沙与武昌，却依然是两处中心。为了称谓方便，便出现了"湘鄂两地"之说。"湘"为湘江之简称，成为湖南的代称；"鄂"为鄂城之简，成为湖北的简称。用"湘"来代指湖南，非常恰切，毕竟，湘江是湖南境内最大的河流。但用"鄂"来代指湖北，却并不是最准确的。究其因，湖南湖北皆为楚地，若说"湘楚两地"，则把湖南排除在楚地之外，显然不妥，故拈出一个"鄂"作为湖北的简称。此后相沿袭用，现在想改也改不了。其实，若以"荆"来代，则荆山荆江，是楚文化的发源地，历史意蕴，不言自明。但"荆"字似嫌格局太小，故先贤弃之。

著名的楚文化史专家刘玉堂先生,两年前就提出建议,改"鄂"为"楚"。但当道者有顾忌,认为将湖北简称为楚,会引起邻省纠纷,因为楚文化地区不仅仅是湖北,还有湖南、安徽、江西、河南也有一部分,湖北独称为楚,人家会怎么看?至今,"惟楚有才"的对联,还悬挂在长沙岳麓书院的大门上呢。其实,这担心大可不必,人家湖南,近些年提出的口号是"振兴湖湘文化"。真正还在打造荆楚文化品牌的,就是我们湖北人了。

从字形上看,"楚"也比"鄂"好,楚由"林"与"疋"两字构成。树与布,寓山清水秀、物阜民丰之意。凡事欲和谐,必先稳当、吉祥,"楚"字便有这种寓意,不像"鄂"字,让人用测字的方式一解,听了便觉泄气。

惟 楚 有 才

几年前去长沙,唐浩明先生领我参观岳麓书院。我站在大门口欣赏那副闻名遐迩的对联。唐先生说:"对不起,这是湖南人自大。"我笑着回答:"湖南人有自大的本钱。不过,这对联为何只有一半呢?"唐先生问:"怎么只有一半,那一半怎么写的?"我说:"完整的一副对联应该是:惟楚有才,才满江汉间;于斯为盛,盛在明清后。"我念出后,看到唐先生愕然,连忙笑着解释:"这是我开玩笑,临时凑上的。"唐先生夸我有捷才,说联句续得好。

后来，我应邀为江陵的张居正旧居纪念馆写一篇短赋，开头两句，便用了上述联语。

湖南湖北同属于中部，又属于楚文化地区，两省都是中国的人才高地，出的都是那种经邦济世、倒海翻江的旷世奇才，都属于狂人，如明清之后的张居正、曾国藩、黄兴、蔡锷之类。至于一部中国共产党的历史，如果缺了两湖，简直就没法写了。

两湖的人才虽有差异，但异少同多，都是亢奋激励之士。每读《易经·乾卦》第一句爻辞——"天行健，君子以自强不息"，便认为这爻辞作者不是周公，不是孔子，而应该是两湖人士。自强不息，是楚地人才的最大特点。

但若深加探究，便会发现，楚地的人才，大都诞生在社会的转型之际，特别是改朝换代的转折时期。秦之末世，说"王侯将相，宁有种乎"的，是楚人；元朝末世，最先揭竿而起的陈友谅，是楚人；清之末世，打响推翻专制第一枪的，亦是楚人。楚多才子，但更多的是英雄。那一年，我访问红安，应县长之请，写了一首诗："我爱红安五月花，杜鹃如血血如霞。为何二百屠龙将，尽出寻常百姓家？"虽是反诘，却道出一个特点：楚之人才，多英雄气而少书生气，多草莽气而少贵族气。即便是饱读诗书的大才子，如屈原、米芾、熊十力等，也都狂狷必然由我，俯仰绝不随人。所以说，惟楚有才，这"才"如何为顺世所用，当道者可深思之。

放风筝的心态

时下，建设文化强省、文化强市的口号不绝于耳。这是文化复兴的表现，亦是国家兴盛的表现。但若方法不对，可能事倍功半，甚至南辕北辙。这好比放风筝，风筝做得再好、再显眼，放得再高，但若手中的线断了，风筝就会乘风飞去，风一停，风筝又会停落，遭受风吹雨打。所以说，振兴文化不能像放风筝，只是借时代的风力，图一个好看。建设文化，首要的是让文化落地生根。培植文化的土壤，才是一个科学的态度。

毋庸讳言，湖北是文化资源大省而非文化产业大省。如果我们抓文化建设而不能转化为产业，则文化无落实之处；但是，如果抓文化建设仅仅是为了培养新的利润增长点，则文化被降格为商人谋利的手段。我想，这也不是人们所心仪的愿景。

说到底，培植文化也存在着义与利的价值取向。孔圣人有言："君子喻于义，小人喻于利。"固然说得太绝对，但的确道出了一般世情。当下世界，美国的好莱坞大片、日本的卡通与动漫，不但成为国民经济中的支柱产业，也同时向全世界输出了它们的价值观，这是出乎利而止乎义。反之，看我们的影视传媒业，值得骄傲的地方并不是太多。若强调市场，则制造的节目一味媚俗或趋赶潮流。以盈利为最高目的，可谓利生义死。若强调说教，则其作品又成为扁平的宣传品，缺少欣赏价值，导致利尽义枯。目下这种局面不但没有改进，反而有泛滥之势。究其因，乃是存在放风筝的心态。

现在，我们经常会看到这样一些消息，某省某市某名山胜水，将在全国范围内征集宣传当地的电视剧或其他样式的文艺作品，这种做法似已成为时尚。执事者认为这样做是体现公平、公正，是科学的方法。我大不以为然。请问：中国和世界的文学艺术史中，那些不朽名著和艺术杰作，有哪一部是用重金海选出来的？这是用不尊重文化规律的方式来做文化上的事，不值得提倡。何况，文化与科技领域不同、规律不同，承担的社会责任与文明指向亦不同，用科学攻关的方式与工程招标的办法来对待文学艺术，可谓大谬。

收藏积雪

　　雪是一篇读不厌的童话，我一直这样认为，所以一到冬季，我就盼望雪的降临。在莽莽苍苍的天地一白中，品享寒冷中的温馨、旷达里的宁静，那是何等惬意的事。

　　2005年的圣诞节之前，我从难得一见雪花的武汉来到了加拿大，开始了在心中发酵多年的冰雪之旅。圣诞节的夜晚，我和太太、儿子一家三口在魁北克市的一家法国餐厅里，一边享受烤龙虾、烹蜗牛等法式大菜，喝着加冰的枫露酒，一边欣赏窗外豪情四溢的簌簌大雪。

　　我们是早晨从多伦多出发，驱车七百多公里来到这里的。我曾戏言魁北克是一座"离春天很远，离北极却很近"的城市。两百多年前，法国人的海船从大西洋驶入圣劳伦斯河，然后逆流而上，找到第一个当地土著印第安人的村庄。法国人舍船登岸，并最终用高卢人的浪漫写出这片土地的史诗。那个挂满了印第安人用来抗拒严寒的皮草的村庄，就是今天的魁北克市。

我们从多伦多的零下十摄氏度起程，历经千岛、蒙特利尔等一个又一个冬天的驿站，在车灯切割夜色的时候，来到零下三十摄氏度的这个魁北克的圣诞夜。一天中，我们经历了碎雪、飞雪、大雪而最终与暴雪相拥，如同一场音乐会，从如花似梦的弦歌进入排山倒海的交响。雪的火山喷涌般的激情，一再烧灼着我们的心扉。

夜晚九点，当我带着异域的微醺走出餐厅，大街上虽然到处彩灯闪烁，但寂静无人。偶尔有扫雪车通过，但密聚的雪片稀释了它的噪音。这是一条由各色小幢的别墅连缀而成的街道，家家灯光透亮，但门窗却都关得严严实实。餐厅的隔壁，是一座三层的哥特式小楼。记得我们来时，还见到了通往这小楼门厅的台阶，可是现在，它已完全被大雪掩盖，连门口的圣诞树，也被掩去了一半。太太看到这般情景，非常兴奋，说："我在这里照张相。"言犹未了，她的脚已踩向积雪，接着一声惊叫，只见她的膝盖已陷了进去。她人还在倾斜，积雪还没有踩到底呢。我连忙伸手将她拉出雪的陷阱。从被掩的圣诞树来推测，这栋别墅门口的积雪已将近三尺之深——这可是两个多小时内，上帝送给我们的如此深厚的圣诞礼物啊！

面对这些高及腰部的积雪，我忽然想到，应该找来一个盆子，把这些雪装进去融化成水，带回国研墨写字。可是，街上所有的商店都已关门，我找不到装雪的器皿，只好作罢。

几天后，即 2005 年最后一个夜晚，我在多伦多又遭遇了大雪。午夜，离新年只差半个多小时了，我对太太说："我们出去采雪吧，在魁北克没有了却的心愿，在这里完成。"太太含笑随我下楼。我们下榻的寓所后面，是一片森林。此时万籁俱寂，雪落在树枝上，发出很轻的柔音。我们在一棵古树的底下，铲了一盆雪，欣喜地端回到温暖的房间。几十分钟后，雪水融化，那是一汪何等晶亮的雪水啊，清澈见底，了无渣滓。我将它装入矿泉水瓶中，带回国来，并向朋友展示，这是在加拿大采聚的 2005 年最后时刻的雪，而且由此断定，世界上最纯净的水，应该是天上的雪。

从多伦多回国的第二天，时差还没有倒过来，我又应邀飞赴遥远的东北，参加第二十二届哈尔滨冰雪节。当我从一个冰雪世界来到另一个冰雪世界，我抱有同样的欢乐、同样的期待，并由衷感到，冰雪节的创意真好。洛阳牡丹节的概念是芬芳，那么，哈尔滨冰雪节的概念应该是纯洁。让所有的游人来共同欢庆纯洁，这是多么富有诗意的事情。

到哈尔滨的翌日，我乘车前往近郊阿城市参观大金国都城的遗址。当我看到八百多年前宫殿巍峨的都城早已夷为一片废墟，不禁心生感慨。幸亏一层厚厚的积雪，让我看不到瓦砾中的历史，而只能体会天地间的苍茫。面对这一方少有人迹的雪原，我又产生了采雪的冲动。如果我的冰柜中，同时收藏了多伦多与哈尔滨的积雪，那么我等于是用纯洁的方式收藏了西方与东方。

我请司机找来两个矿泉水瓶，小心翼翼地在积雪最深的地方采集。两小时后，瓶中的雪化了。令我惊讶的是，这雪水不仅略显混浊，而且瓶底还沉有少许的细微的煤灰。

回到武汉，我把分别采自多伦多与哈尔滨的两瓶雪水放在一起比较，一瓶洁净，一瓶混浊。为什么同样的雪，融化后会如此不同呢？我对两地的雪，欣赏与景仰的程度是一样的，可是结果却迥然相异。

这两瓶雪水，将永在我的冰柜中收藏。

牧　笛

　　这几天，读辜鸿铭先生的《中国人的精神》一书，其中有一段话引起了我的兴趣：

　　　　欧洲语言中"科学"与"逻辑"二词，是无法在中文里找到完全对等的词加以表达的。像孩童一样过着心灵生活的中国人，对抽象的科学没有丝毫兴趣，因为在这方面心灵与情感无计可施。事实上，每一件无需心灵与情感参与的事，诸如统计表一类的工作，都会引起中国人的反感。

　　尽管，当今之世已进入高科技时代，但我仍属于辜氏所说的那种中国人，愿意像孩童一样，过着自由自在的心灵的生活。我所喜爱的事情，像写作、旅游、书法、茶艺，甚至打高尔夫球等等，几乎和"科学"与"逻辑"无关。

我生也有幸，居然能够从事我所喜爱的职业，并且有时间、有条件来满足我的爱好。

就说旅游吧，虽然我无意去做马可·波罗或徐霞客那样的旅行家，但我一年中至少有三分之一的时间，仍是在旅途中度过。朋友们戏称我"打波的"，即把波音飞机当"的士"来坐。李白"一生好入名山游"，但仗剑走天涯的他，一路上的接待站，不是道观就是佛寺，再者，就是朋友的家。这多少有些不方便。那时候，旅游是个别人的事，社会上不可能给旅游者提供更多的方便。杜甫"门泊东吴万里船"，陆游"细雨骑驴入剑门"，都是古代最好的旅行家的韵致。旅行家与诗人是不可分的，这两种职业的人，都像孩童一样过着心灵的生活，都能够原汁原味地体现中国人的精神。

每年的深秋，我最乐意的事，是自己开车，徜徉在江南的山水中。逢山看景，遇寺礼佛。村落里的炊烟，河流上的橹声，闲卧在柳树下的黄牛，甚至媚眼一笑的小小村姑，都是"可遇而不可求"的东方神韵。

游湘西的天子山，我写了一首诗：

回首神堂山隐约，寸心常逐白云飞。

此生称意于山水，风月林泉送我归。

并不是每一个人都能称意于山水的。但是，山水的美感，若能作用于每一个人，则我们的社会，便会处处充满祥和。按辜氏的观点，中国人的精神，纯朴如孩童的心灵。这种孩童的纯朴，永远保存在大自然的风月林泉之中。一棵树长在沃土上，枝繁叶茂。另一棵树长在悬崖边，枝干卷曲。这悬崖边的树绝不会对沃土上的树大生嫉妒之心，更不会跑过去取而代之。这就是自然。这也反映了"人之初，性本善"的中国人的精神。古代的圣人说："道法自然。"自然的法则就是善的法则，也是中国人做人的法则。

　　热心的读者朋友也许会奇怪，你怎么谈旅游谈到做人的法则上去了呢？这是因为从根本的道理上讲，两者是相通的。几年来，我陆陆续续写了一些游记，只是记录一些观感，无意说明什么道理。但我的确在美丽的山水中，悟出了一些做人的道理。

历史的驴友

近年来，富裕起来的中国人喜欢旅游了。有几日闲情
而耽于山水，也算是生命的一乐。一般的旅游者，称为游
客。把旅游当作一种生命的体验方式，自驾一辆小车去往
天荒地老之地，犹如古人驾一叶扁舟自庙堂回归于江湖者，
则不能简单地称为游客了。聪明的年轻人，将这样一群山
水的候鸟称为驴友，真是绝妙。初听这名字的时候，我想
到骑驴的张果老，亦想到陆游的名句"细雨骑驴入剑门"，
还想到 19 世纪法国著名的隐逸诗人弗朗西斯·雅姆，写
过的一首诗叫《和驴子一起去乐园的祈祷》。总之，驴这
样的代步牲口，虽没有骏马那样威风，骡子那样强壮，但
它踏出的碎步儿，很有点优哉游哉的姿态，骑在它的背上，
谁能不飘飘欲仙？自驾游者，将自己的座驾称为驴，再称
自己为驴友，既调侃又诙谐。我想，造出这个词的人，有
上等的智慧。

1993 年，我有了自己的第一辆小轿车，几乎就从那一年开始，我就是一个标准的驴友了。从此，每一年我都会挤出时间，或几天，或旬日，或逾月，远近不拘地酣游一番。过了不惑之年后，虽然驴友的身份不变，但兴趣却在慢慢地转换，由对风景的钟情变为对历史的探究。到了五十岁后，我干脆称自己是历史的驴友。

我曾说过，一个历史悠久的国家，其国民大都有嗜史的习惯。好的历史小说、历史随笔一直是坊间的长销书，便是一个明证。我由年轻时喜爱历史到中年以后研究历史，由单纯的文学到文史兼容，实乃是完成了人生的转变。正是因为这一转变，我才有可能成为历史的驴友。

在过往漫长的岁月中，有多少王朝、多少民族在中国的大地上，写下过他们壮烈的史诗。历史演进的过程，一直是毁灭与新生交织。多少城市变成废墟，多少荒滩又变成锦绣之都。有些地方让我感慨唏嘘，还有的地方让我心灵震撼。多少战场，走近它已是一片寂静，但我仍会产生"可怜无定河边骨，犹是春闺梦里人"的忧伤；多少古刹，依然让你听得见暮鼓梵钟，但"姑苏城外寒山寺，夜半钟声到客船"的萧旷，却再也无法领略。

十几年来，我造访过不少重大历史事件的发生地。在刘邦斩蛇起义的芒砀山，我深深地感到物是人非；在金兵突破中原的风陵渡，我又感到江山依旧。红军长征依次涉过的于都河、湘江、赤水河、金沙江、大渡河，我一一走过。当我伸手揽起江花，我仿佛捧起了毛泽东大气磅礴的《长征》诗句。当我登上贺兰山，吟诵起岳飞的"驾长车，踏破贺兰山缺"的词句时，依然生起了八百多年前的揪心之痛……

咀嚼英雄的诗句要有云水胸襟，消化沉重的历史要有宽广胸怀。不管你愿不愿意，只要你当上历史的驴友，人间的沧桑就会充盈你的内心。

2007年的10月，我曾到过内蒙古巴林左旗的林东镇，那是一座不足五千人口的小镇，但九百多年前，它却是一个强大的草原帝国——辽国的首都。契丹人创建的辽上京，让多少中亚的番邦闻之丧胆，甚至天之骄子的北宋也曾向它俯首称臣。但是，这个强大的王朝最终被女真人摧毁。我来到这里的时候，但见辽国皇帝的宫殿变成了牛羊啃食的牧场。为此我写下了一首《辽上京废墟日出》的绝句：

几重风雨几重霜，宫阙而今变草场。
静静一轮红日下，君王不见见牛羊。

消失在历史中的契丹人没有看到，一百一十年后，给他们带来灭顶之灾的女真人，又被后来居上的蒙古人掀翻了皇座。当在北京房山的九龙谷看到破败不堪的金皇陵时，我又写了一首诗：

倘将历史重来过，明月空山应断肠。

马上英雄辇下死，帝乡未必是家乡。

比之漫长的历史，一个人的生命何其短暂。但若是进入历史，千年前的事情如在昨日发生。当你把许多重大的历史事件连缀起来时，你就会感到个人的悲欢离合显得多么脆弱，甚至渺小。所以，一个愿意当历史驴友的人，身体要健康，心智更要健康！